Sir Arthur

Conan Doyle

O Vale do TERROR

Tradução de Antonio Carlos Vilela

MELHORAMENTOS

Editora Melhoramentos

Doyle, Arthur Conan
O vale do terror / Arthur Conan Doyle; tradução Antonio Carlos Vilela.
2. ed. São Paulo: Editora Melhoramentos, 2010. (Sherlock Holmes)

Título original: *The valley of fear*
ISBN 978-85-06-05705-6

1. Literatura juvenil. 2. Ficção policial. I. Vilela, Antonio Carlos.
II. Título. III. Série .

13/084 CDD 869.8

Índices para catalogo sistemático:
1. Literatura juvenil em português 869.8
2. Literatura juvenil 809.8
3. Ficção policial - Literatura inglesa 820

Edição revisada conforme o Acordo Ortográfico da Língua Portuguesa

Título original em inglês: *The Valley of Fear*
Tradução: Antonio Carlos Vilela
Ilustrações: NW Studio
Capa (projeto gráfico): Rex Design

2.ª edição, 4.ª impressão, dezembro de 2013
ISBN: 978-85-06-05705-6

Atendimento ao consumidor:
Caixa Postal 11541 – CEP 05049-970
São Paulo – SP – Brasil
Tel.: (11) 3874-0880
www.editoramelhoramentos.com.br
sac@melhoramentos.com.br

Impresso no Brasil

O Vale do TERROR

SUMÁRIO

Parte I

A Tragédia de Birlstone

Capítulo I

O Aviso

Estou inclinado a pensar... – eu disse.

– Já era tempo! – exclamou Sherlock Holmes, impaciente.

Acredito ser um dos mais tolerantes mortais, mas confesso que aquela interrupção sarcástica me irritou.

– Francamente, Holmes – eu disse, bravo –, às vezes você me aborrece.

Contudo, ele estava envolvido em seus próprios pensamentos e não respondeu de imediato à minha bronca. Apoiou-se na mão, com o café da manhã intocado diante de si, e observou o pedaço de papel que acabara de retirar do envelope. Então, pegou o próprio envelope e o colocou contra a luz, estudando cuidadosamente seu exterior e sua aba.

– A letra é de Porlock – ele disse, pensativo. – Quase não tenho dúvidas de que é a letra dele, embora a tenha visto apenas duas vezes. O *e* grego com o floreio em cima é característico. E, sendo de Porlock, é algo de extrema importância.

Holmes não estava falando comigo; apenas pensava em voz alta. Mas minha irritação fora dissolvida pelo interesse no que ele falava.

– E quem é Porlock? – perguntei.

– Porlock, Watson, é um pseudônimo, um mero nome de guerra. Mas atrás dele se esconde uma personalidade volúvel e evasiva. Numa carta anterior, ele abertamente me informou que esse não era seu nome verdadeiro, e me desafiou a encontrá-lo entre os milhões de habitantes desta grande cidade. Porlock não é importante por si mesmo, mas pelo homem extraordinário com quem tem contato. Compare o peixe piloto com o tubarão, o chacal com o leão, qualquer coisa insignificante com algo formidável. E não apenas formidável, Watson, mas sinistro. É por aí que ele entra no meu campo de ação. Já me ouviu falar do prof. Moriarty?

– O célebre criminoso científico, tão famoso entre os marginais como...

– Assim você me deixa envergonhado, Watson – protestou Holmes.

– Eu ia dizer "desconhecido para o público".

– Muito bom, Watson, muito bom! – exclamou Holmes. – Você está desenvolvendo uma refinada veia de humor, contra a qual preciso aprender a me defender. Mas, ao chamar Moriarty de criminoso, você o está difamando aos olhos da lei, e aí está a glória e o absurdo de tudo. O maior trapaceiro de todos os tempos, o organizador de todo o mal, o cérebro controlador do submundo, um cérebro que poderia ter definido o destino de nações. Esse é o homem. Mas ele está tão a salvo da suspeita de todos, e tão imune a investigações, pois sua forma de atuar o isenta dos atos, que as palavras que murmurou, Watson, poderiam levar você a uma corte, onde comprometeria sua pensão de um ano para ressarci-lo por danos morais. Não é ele o celebrado autor de *A Dinâmica de um Asteroide*, livro que alcança altitudes tão rarefeitas de pura matemática que, dizem, não há ninguém na imprensa científica que possa criticá-lo? É esse um homem que se possa acusar publicamente? Médico difamador e professor caluniado seriam os papéis que cada um de vocês, respectivamente, exerceria. É aí que está o gênio, Watson. Entretanto, se eu for poupado de problemas menores, tenho certeza de que chegará nosso dia.

– Quero estar lá para ver isso! – exclamei com fidelidade. – Mas você falava de Porlock.

– Ah, sim, o assim chamado Porlock é um elo da corrente, situado a certa distância do ponto principal. Cá entre nós, Porlock não é um elo muito confiável e, até onde pude verificar, é a única falha nessa corrente.

– Mas nenhuma corrente é mais forte do que seu elo mais fraco.

– Exatamente, meu caro Watson. Daí a extrema importância de Porlock. Conduzido por certas aspirações rudimentares ao bem e estimulado por uma eventual nota de dez libras, que lhe é enviada sorrateiramente, duas ou três vezes ele já me antecipou informações tão valiosas que, em vez de vingar o crime, o previnem. Não tenho dúvidas de que, se possuíssemos a chave deste criptograma, descobriríamos que esta mensagem também antecipa algo.

Novamente, Holmes abriu o papel sobre o prato vazio. Levantei-me e, debruçando-me sobre seu ombro, observei a estranha inscrição: 534 C2 13 127 36 31 4 17 21 41 DOUGLAS 109 293 5 37 BIRLSTONE 26 BIRLSTONE 9 13 171

– O que acha, Holmes?

– Obviamente é uma tentativa de passar informações secretas.

– Mas qual o valor de uma mensagem cifrada sem sua chave?

– Neste caso, nenhum.

– Por que "neste caso"?

– Porque existem muitos criptogramas que posso ler com a mesma facilidade com que leio os anúncios no jornal. Tais expedientes divertem a mente em vez de cansá-la. Mas este caso é diferente. Trata-se, claramente, de uma referência a palavras na página de um livro. Até eu saber qual página e de qual livro, nada posso fazer.

– Mas e quanto a "Douglas" e "Birlstone"?

– Naturalmente, essas palavras não existem na página utilizada.

– E por que ele não indicou o livro?

– Sua perspicácia instintiva, Watson, aquela esperteza inata que você tem e que é a alegria de seus amigos, certamente não deixaria que pusesse o criptograma e sua chave no mesmo envelope. Caso se extraviasse, você estaria em maus lençóis. Desta forma, criptograma e chave precisariam se extraviar antes que algo de ruim pudesse acontecer. Já passou da hora da segunda ronda do carteiro, e ficarei muito surpreso se ele não nos trouxer outra carta com uma explicação ou, o que é mais provável, o próprio livro ao qual este criptograma se refere.

A expectativa de Holmes foi atendida em poucos minutos, com a chegada de Billy, o criado, trazendo a carta que esperávamos.

– A mesma caligrafia – observou Holmes, ao abrir o envelope –, e desta vez assinada – completou, exultante, ao desdobrar o papel. – Estamos progredindo, Watson.

Mas, ao ler o conteúdo, seu rosto se anuviou.

– Ora, isso muito me desanima! Temo, Watson, que todas as nossas esperanças deram em nada. Creio que nosso Porlock em nada ajudará. "Caro Sr. Holmes", ele diz, "não continuarei com este assunto. É muito perigoso. Ele desconfia de mim. Posso ver isso claramente. Chegou inesperadamente, logo após eu lhe endereçar este envelope com a intenção de enviar-lhe a chave para o criptograma. Consegui escondê-lo. Se ele o tivesse visto, acabaria comigo. Mas vejo a suspeita em seus olhos. Por favor, queime a mensagem cifrada, pois agora não lhe será de qualquer utilidade. Fred Porlock."

Holmes permaneceu sentado, brincando com o papel entre os dedos e olhando carrancudo para a lareira.

– Afinal – ele disse –, talvez não seja nada. Pode ser apenas sua consciência pesada. O fato de saber que realmente é um traidor faz com que veja a desconfiança nos olhos do outro.

– O outro, eu presumo, é o prof. Moriarty?

– Ninguém menos. Quando qualquer um desse bando fala sobre "ele", já sabemos a quem se refere. Só existe um "ele" para essa turma.

– E o que podemos fazer?

– Essa é uma pergunta bastante abrangente. Quando se tem uma das maiores inteligências da Europa contra você, e todas as forças do mal a apoiá-la, as possibilidades são infinitas. De qualquer forma, nosso Porlock está evidentemente em pânico. Compare a caligrafia da mensagem com a do envelope, que foi sobrescrito, segundo nos contou, antes da visita agourenta. Uma está clara e firme, a outra, quase ilegível.

– E por que ele escreveu, afinal? Por que simplesmente não deixou para lá?

– Porque temia que eu tentasse entrar em contato e que, talvez, isso lhe causasse problemas.

– Sem dúvida – eu disse, pegando a mensagem cifrada e examinando-a. – Mas é de enlouquecer pensar que existe, neste papel, um segredo importante cuja compreensão está além de nossa capacidade.

Sherlock Holmes havia afastado seu café da manhã e acendera seu malcheiroso cachimbo, seu companheiro durante meditações mais profundas.

– Talvez não! – ele disse, recostando-se e olhando para o teto.

– Pode haver algo que escapou à sua inteligência maquiavélica. Vamos considerar o problema à luz da razão pura. Este homem refere-se a um livro. Esse é nosso ponto de partida.

– Um tanto amplo.

– Vamos ver, então, se podemos estreitá-lo. À medida que me concentro no problema, parece-me menos impenetrável. O que sabemos desse livro?

– Nada.

– Ora, ora. Não é tão pouco assim. A mensagem cifrada começa com 534, não é? Podemos assumir a hipótese de que 534 é a página à qual a cifra se refere. Assim, nosso livro é *grande*, o que já é alguma coisa. Que outras indicações temos quanto à natureza desse livrão? O próximo símbolo é C2. O que você supõe, Watson?

– Capítulo 2, sem dúvida.

– Dificilmente, Watson. Creio que concordará comigo que, tendo-se o número da página, o número do capítulo é desnecessário. Além disso, se a página 534 está no segundo capítulo, a extensão do primeiro seria intolerável.

– Coluna! – exclamei.

– Brilhante, Watson. Você está cintilando esta manhã. Ficarei surpreso se realmente não for "coluna". Agora, como pode ver, estamos com um livro grande, impresso em duas colunas, cada uma bastante extensa, pois uma das palavras está numerada em 293. Será que chegamos ao máximo que o raciocínio pode nos dar?

– Temo que sim.

– Está sendo injusto consigo mesmo. Mais uma fagulha, Watson, só mais outra onda cerebral. Caso o livro fosse incomum, ele o teria enviado. Em vez disso, pretendia, antes de seu plano ser abortado, enviar-me a chave neste envelope. Ele diz isso na mensagem. Isso indica que Porlock acreditava que eu acharia o livro sem dificuldades. Ele o tinha, e imaginava que eu também o possuísse. Resumindo, Watson, é um livro bastante comum.

– O que você diz certamente é plausível.

– Assim, restringimos nosso campo de pesquisa a um livro grande, impresso em duas colunas e de uso comum.

– A Bíblia! – exclamei, vitorioso.

– Muito bom, Watson. Mas não acredito nisso. Não consigo imaginar livro menos provável de encontrar com um dos comparsas de Moriarty. Além disso, as edições das Sagradas Escrituras são tantas que ele não poderia supor que duas cópias tivessem a mesma paginação. Claramente, trata-se de um livro padronizado. Ele tem certeza de que sua página 534 corresponde exatamente à minha página 534.

– Mas poucos livros seriam assim.

– Exatamente. E aí está nossa salvação. Nossa busca está restrita a livros padronizados que, supostamente, todo mundo tem.

– O *Bradshaw*!

– Improvável, Watson. O *Bradshaw* tem vocabulário nervoso e preciso, mas limitado. A seleção de palavras não se prestaria ao envio de várias mensagens. Vamos eliminar o *Bradshaw*. O dicionário também é inadmissível pelas mesmas razões. O que sobra?

– Um almanaque.

– Excelente, Watson! Creio que desta vez você acertou na mosca. Um almanaque. Vamos considerar o *Almanaque Whitaker*. É de uso comum, tem o número necessário de páginas e é impresso em duas colunas. Seu vocabulário, ainda que modesto no início, torna-se, no final, bastante eloquente – disse Holmes pegando o volume na sua escrivaninha. – Aqui está, página 534, segunda coluna, um bocado de palavras impressas a respeito, deixe-me ver, de comércio e recursos da Índia Britânica. Anote as palavras, Watson. Número 13 é "Mahratta". Temo que não seja um começo muito auspicioso.

Número 127 é “governo” que, pelo menos, faz sentido, embora seja irrelevante para nós e para o prof. Moriarty. Vamos tentar de novo. O que o governo de Mahratta fez... ? Ora esta! A próxima palavra é “torresmo”. Estamos sem sorte, meu bom Watson! Nada feito.

Ele falou casualmente, em tom brincalhão, mas suas espessas sobrancelhas torciam-se expressando desapontamento e irritação. Sentei-me desanimado e entristecido, olhando fixamente para o fogo. O longo silêncio foi quebrado por uma súbita exclamação de Holmes, que correu até o armário, de onde veio com outro livro de capa amarela.

– É o preço que pagamos por estarmos sempre atualizados! – exclamou ele. – Estamos adiante de nosso tempo e, com isso, sofremos as consequências. Estando em 7 de janeiro, já adquirimos o novo almanaque. É mais provável que Porlock construiu sua mensagem com o do ano passado. Ele nos diria isso, se tivesse escrito a carta com a chave. Vamos ver o que a página 534 tem para nós. Número 13 é “Há”, o que promete. Número 127 é “muito”, “Há muito” – Os olhos de Holmes brilhavam de agitação enquanto seus dedos nervosos percorriam a página contando palavras – “perigo”. Ah! Ah! Ótimo. Vá anotando, Watson. “Há muito perigo, ameaçando, em, breve, um, certo.” Em seguida temos a palavra “Douglas”, depois “rico, fazendeiro, atualmente, em, Birlstone, Mansão, Birlstone, convicção, é, urgente”. Aí está, Watson. O que acha da razão pura e seus resultados? Se o verdureiro tivesse uma coroa de louros, mandaria Billy ir buscá-la.

Eu estava olhando para a estranha mensagem que anotara, enquanto Holmes a decifrava, num bloco de papel sobre o joelho.

– Que maneira confusa de se expressar! – observei.

– Pelo contrário, ele se saiu muito bem – disse Holmes. – Quando se procuram palavras para formar uma mensagem em apenas uma coluna, não se pode esperar obter tudo o que se quer. Deve-se, necessariamente, deixar algo para a inteligência do leitor. O sentido é perfeitamente claro. Algo de diabólico está sendo tramado contra um certo Douglas que, conforme foi informado na mensagem, é um rico fazendeiro residente em Birlstone. Ele está convicto, “convicção” foi a palavra mais próxima de convicto que ele encontrou, de que o assunto é urgente. Eis o resultado que obtivemos com nosso trabalho analítico.

Holmes transpirava a alegria do verdadeiro artista diante do seu melhor trabalho, ainda que se lamentasse amargamente se sua obra ficasse abaixo do alto nível a que aspirava. Ainda estava todo satisfeito com seu recente sucesso quando Billy abriu a porta e introduziu na sala o inspetor MacDonald, da Scotland Yard.

Estávamos nos primeiros dias de 1889, quando Alec MacDonald ainda estava longe de obter a fama nacional que mais tarde conquistou. Ele era um membro jovem mas confiável da força policial, que se distinguira em diversos casos que lhe foram designados. Sua constituição alta e ossuda antecipava força física excepcional, enquanto seu grande crânio e os olhos brilhantes e profundos indicavam inteligência aguda, que brilhava atrás das espessas sobrancelhas. Era um homem silencioso e preciso, inflexível por natureza e com forte sotaque escocês. Por duas vezes Holmes já o auxiliara a conseguir êxito em sua carreira, sendo que sua única recompensa fora a satisfação intelectual de resolver o problema. Por essa razão, o escocês nutria profundo respeito e afeto por seu colega civil, e o demonstrava com a franqueza com que consultava Holmes em cada dificuldade. A mediocridade não reconhece nada que lhe seja superior, mas o talento reconhece a genialidade instantaneamente, e MacDonald era talentoso o suficiente, em sua profissão, para perceber que não havia humilhação em procurar ajuda com o mais dotado e experiente detetive particular da Europa. Holmes não era dado a estabelecer amizades, mas mostrava certa simpatia pelo grandalhão escocês, e sorriu ao vê-lo entrar.

– Você é um madrugador, Mac – disse Holmes. – A que devemos sua visita? Temo que ela anuncie algo de mau.

– Se você dissesse "espero" em vez de "temo" estaríamos mais próximos da verdade – o inspetor respondeu, com um sorriso discreto. – Talvez um gole fosse bom para espantar o frio matinal. Não, não vou fumar, obrigado. Tenho de me pôr a caminho, pois as primeiras horas de um caso são as mais preciosas... aliás, você sabe disso melhor do que ninguém. Mas... o quê...?

O inspetor parara abruptamente, e ficou com o olhar fixo, absolutamente estupefato, no papel sobre a mesa. Era a folha na qual eu anotara a mensagem decifrada.

– Douglas! – balbuciou. – Birlstone! O que é isso, Holmes? Alguma bruxaria? Como, em nome de tudo o que é sagrado, você obteve esses nomes?

– É uma mensagem em código que o Dr. Watson e eu acabamos de decifrar. Por quê? O que há de errado com esses nomes?

O inspetor olhou para nós absolutamente atônito.

– Apenas – ele explicou – que o Sr. Douglas, da Mansão Birlstone, foi horrivelmente assassinado esta manhã.

Capítulo II

Sherlock Holmes Expõe Sua Teoria

Era um daqueles momentos dramáticos para os quais meu amigo vivia. Seria um exagero dizer que ele ficou chocado ou até mesmo agitado pela espantosa notícia. Ele não demonstrava crueldade com seu comportamento, mas estava, sem dúvida, calejado por tudo que já passara na vida. Mas, ainda que fosse insensível a emoções, sua capacidade intelectual estava extremamente ativa. Nele não havia o menor sinal do horror que eu mesmo senti ao ouvir a notícia dada pelo inspetor, mas suas feições estavam calmas e atentas, como se fosse um químico observando cristais se decantando numa solução saturada.

– Notável! – disse Holmes. – Notável!

– Você não parece surpreso.

– Interessado, Mac, mas dificilmente surpreso. Por que deveria estar? Recebi uma comunicação anônima de uma fonte que reconheço importante, avisando-me que certa pessoa corre perigo. Menos de uma hora depois fico sabendo que o perigo se materializou e que a pessoa morreu. Estou interessado, mas, como pode ver, não surpreso.

Em poucas palavras, Holmes explicou ao inspetor os fatos sobre a carta e o criptograma. MacDonald sentou-se apoiando o queixo nas mãos, e suas sobrancelhas claras juntaram-se formando um emaranhado amarelo.

– Estou indo para Birlstone agora de manhã – ele disse. – Passei para perguntar se querem ir comigo, você e seu amigo aqui. Mas, pelo que diz, talvez seja melhor fazermos nossas investigações em Londres mesmo.

– Penso que não – disse Holmes.

– Espere um pouco, Sr. Holmes! – exclamou o inspetor. – Em um ou dois dias os jornais não falarão de outra coisa a não ser o mistério de Birlstone. Mas onde está o mistério se um homem em

Londres profetizou o crime antes de ele ocorrer? Só precisamos pôr nossas mãos nesse homem e o resto estará resolvido.

– Sem dúvida, Mac, mas como pretende colocar as mãos no assim chamado Porlock?

MacDonald virou o envelope que Holmes lhe entregara.

– Postado em Camberwell... Isso não ajuda muito. E Porlock é um nome de guerra, pelo que você diz. Não há muito por onde começar. Você não lhe enviou dinheiro?

– Duas vezes.

– Como?

– Em cédulas, para o correio em Camberwell.

– Nunca se preocupou em verificar quem reclamou esse dinheiro?

– Não.

O inspetor pareceu surpreso e até mesmo chocado.

– Por que não?

– Porque sempre cumpro com minha palavra. Prometi-lhe, da primeira vez que lhe escrevi, que não tentaria descobri-lo.

– Você acha que existe alguém por trás dele?

– Eu *sei* que existe.

– Esse professor que você mencionou?

– Exatamente.

O inspetor MacDonald sorriu e suas pálpebras tremeram quando olhou para mim.

– Não vou lhe negar, Holmes, que na Divisão comentamos sobre sua implicância com esse professor. Eu mesmo fiz algumas investigações a esse respeito. Ele parece um homem respeitável, culto e talentoso.

– Fico feliz que aprecia seu talento.

– Meu amigo, é impossível não reconhecê-lo. Depois que você me disse suas suspeitas, fui visitá-lo. Conversei com ele sobre eclipses, não me pergunte como a conversa enveredou por aí, e ele, com uma lanterna e um globo, me esclareceu tudo em um minuto. Ele ainda me emprestou um livro que, não me importo em dizer, era um pouco difícil para mim, embora eu tenha recebido uma boa educação em Aberdeen. Ele teria dado um padre e tanto, com seu rosto fino, cabelo grisalho e o jeito sério de falar. Quando pôs sua mão no meu ombro, na hora de nos despedirmos, parecia um pai abençoando o próprio filho antes de este sair para o mundo frio e cruel.

Holmes riu e esfregou as mãos.

– Genial! – ele disse. – Genial! Diga-me, caro MacDonald; essa visita agradável e tocante ocorreu, imagino, no escritório do prof. Moriarty?

– Exatamente.

– Uma bela sala, não é?

– Muito bonita... muito elegante, de fato, Holmes.

– E você se sentou à frente da escrivaninha dele?

– Isso mesmo.

– Sol nos seus olhos e a face do professor no escuro?

– Bem, a coisa foi de noite, mas lembro-me de uma luminária voltada para o meu rosto.

– Exatamente. Você, por acaso, observou uma pintura sobre a cabeça do professor?

– Não deixo passar muita coisa, Holmes. Talvez tenha aprendido com você. Sim, vi um quadro; uma jovem com a cabeça apoiada nas mãos, olhando de soslaio.

– Esse é um quadro de Jean Baptiste Greuze.

O inspetor esforçou-se para se mostrar interessado.

– Jean Baptiste Greuze – Holmes continuou, juntando a ponta dos dedos e recostando-se na poltrona – foi um artista francês que se tornou famoso entre 1750 e 1800. Falo, obviamente, do período em que estava vivo. A crítica moderna já endossou a opinião altamente favorável de seus contemporâneos a respeito dele.

Os olhos do inspetor mostravam seu desinteresse.

– Não seria melhor se nós...

– É o que estamos fazendo – Holmes interrompeu. – Tudo que estou lhe dizendo tem uma conexão direta e vital com aquilo que você chamou de mistério de Birlstone. De certa forma, é o centro de tudo.

MacDonald sorriu timidamente, lançando-me um olhar de súplica. – Seu raciocínio é, às vezes, rápido demais para mim, Holmes. Você deixa de fora algumas informações sem as quais não consigo acompanhá-lo. Qual pode ser a relação entre esse pintor morto e o caso de Birlstone?

– Todo conhecimento é útil a um investigador – observou Holmes. – Mesmo o fato corriqueiro de que, em 1865, uma pintura de Greuze chamada La Jeune Fille à l'agneau alcançou o preço de um milhão e duzentos mil francos, mais de quarenta mil libras, no leilão de Portalis pode provocar alguma reflexão na sua cabeça.

E claramente provocou. O inspetor pareceu realmente interessado.

– Devo lembrar-lhe – Holmes continuou – que o salário do professor pode ser verificado mediante diversas fontes fidedignas. É de setecentas libras por ano.

– Então como ele pode...?

– Exatamente. Como ele pode?

– Ora, isso é muito interessante – disse o inspetor, pensativo. – Continue, Holmes, estou adorando. É muito bom mesmo.

Holmes sorriu. Sempre gostava da admiração sincera, uma característica do verdadeiro artista.

– E quanto a Birlstone? – ele perguntou.

– Ainda temos tempo – disse o inspetor, olhando no relógio. – Tenho uma carruagem nos esperando na porta, e não levará mais de vinte minutos para chegarmos à Estação Vitória. Mas quanto a esse quadro, Holmes... pensei que você me dissera, uma vez, nunca ter encontrado o prof. Moriarty.

– Realmente, nunca o encontrei.

– Então como sabe de seu escritório?

– Ah, isso é outra coisa. Já estive três vezes lá. Duas esperando por ele sob diferentes pretextos e saindo antes de ele chegar. Uma vez... bem, não é algo que se diga a um oficial da polícia. Foi da última vez que tomei a liberdade de examinar seus documentos, com descobertas inesperadas.

– Descobriu algo comprometedor?

– Absolutamente nada. Foi o que me espantou. Você já compreendeu a importância daquele quadro. Ele deixa claro que o professor é um homem muito rico. Como ele fez sua fortuna? Ele nunca se casou. Seu irmão mais novo é chefe de estação no oeste da Inglaterra. Sua cátedra vale setecentas libras por ano. E ele possui um Greuze.

– E então?

– A conclusão é óbvia.

– Você quer dizer que ele tem uma renda enorme e que ele a obtém por meios ilegais?

– Exatamente. É claro que tenho outras razões para acreditar nisso; são dúzias de fios tênues que levam até o centro da teia, onde aguarda aquela criatura peçonhenta. Mencionei somente o Greuze porque é uma evidência que você mesmo observou.

– Bem, Holmes, admito que o que você diz é muito interessante. Mais do que isso, é surpreendente. Mas vamos esclarecer o assunto, se possível. Trata-se de falsificação, extorsão ou roubo? De onde vem o dinheiro?

– Já ouviu falar de Jonathan Wild?

– Bem, o nome é familiar. Um personagem de ficção, não é? Não gosto muito de detetives de ficção. São camaradas que fazem tudo sem deixar-nos ver como fizeram. Isso é pura imaginação, nada tem de real.

– Jonathan Wild não era detetive e tampouco personagem de ficção. Ele foi um mestre do crime, que viveu por volta de 1750.

– Então de nada me serve. Sou um homem prático.

– Caro Mac, a coisa mais prática que você poderia fazer na vida seria se afastar por três meses e ler, doze horas por dia, os anais do crime. Tudo acontece em ciclos, até mesmo o prof. Moriarty. Jonathan Wild foi a força oculta por trás dos criminosos de Londres, que lhe pagavam uma comissão de quinze por cento em troca de suas ideias e organização. A Terra gira e a história se repete. Tudo já foi feito antes e será novamente. Vou lhe contar algumas coisas sobre Moriarty que podem lhe interessar.

– Já estou bastante interessado.

– Acontece que eu sei quem é o primeiro elo na corrente do professor, uma corrente com esse gênio do mal numa ponta e, na outra, centenas de assassinos, batedores de carteira, chantagistas, ladrões e falsificadores, responsáveis por toda sorte de crimes. O chefe de seu estado maior é o coronel Sebastian Moran, tão precavido e fechado como o próprio professor. Quanto você acha que ele ganha por ano?

– Gostaria de saber.

– Seis mil libras. Recompensa pelo trabalho intelectual; o princípio americano de trabalho. Soube disso por acaso. É mais do que o primeiro-ministro recebe. Isso lhe dá uma ideia de quanto Moriarty ganha e da escala de seus negócios. Outro ponto. Ocupei-me de rastrear alguns cheques dele, recentemente. Cheques inocentes, com os quais paga as contas da casa. Eram de seis bancos diferentes. O que isso lhe parece?

– Estranho, sem dúvida. Mas o que você deduz disso?

– Ele não quer falatório sobre sua fortuna. Ninguém deve saber quanto ele possui. Tenho certeza de que ele possui vinte contas bancárias, sendo que o grosso de seu dinheiro fica no estrangeiro, no Deutsche Bank ou no Crédit Lyonnais. Quando você tiver tempo disponível de um ou dois anos, recomendo-lhe que estude o prof. Moriarty.

O inspetor MacDonald foi ficando cada vez mais impressionado conforme a conversa prosseguia. Ficou totalmente absorvido, até que seu senso prático escocês trouxe-o de volta ao assunto em questão.

– De qualquer modo, isso fica para depois – ele disse. – Você me interessou com suas histórias impressionantes, Holmes. Mas o que realmente importa é seu comentário quanto a existir uma conexão entre o professor e o crime. Isso você soube através do aviso recebido desse Porlock. Podemos descobrir algo mais sobre isso que ajude em nossas necessidades práticas atuais?

– Podemos fazer uma ideia dos motivos do crime que, como deduzo de suas primeiras informações, é inexplicável ou incompreensível. Agora, presumindo que a origem do crime esteja onde suspeitamos, pode haver dois diferentes motivos. Em primeiro lugar, devo lhe dizer que Moriarty controla seu pessoal com mão de ferro. Sua disciplina é tremenda. Sua lei só tem uma forma de punição: a morte. Então, podemos supor que esse homem assassinado, esse Douglas, cujo destino era conhecido por um dos subordinados do arquicriminoso, traiu, de alguma forma, seu chefe. Sua punição aconteceu de forma que todos soubessem, para que o medo da morte lhes fosse incutido.

– Bem, essa é uma hipótese, Holmes.

– A outra é que o assassinato foi engendrado por Moriarty atendendo a algum de seus negócios. Algo foi roubado?

– Não sei.

– Caso tenha sido, a segunda hipótese estaria fortalecida em detrimento da primeira. Moriarty pode ter planejado o crime de olho numa participação no produto do roubo. Ou então, pode ter sido bem pago para organizá-lo. As duas possibilidades são válidas. Mas, qualquer que seja, e mesmo se for uma terceira hipótese, é em Birlstone que devemos procurar a solução. Conheço nosso homem muito bem para supor que ele teria deixado alguma pista em Londres que levasse até ele.

– Então vamos para Birlstone! – exclamou MacDonald, pulando de sua cadeira. – Diacho! É mais tarde do que eu pensava. Só posso lhes dar cinco minutos para se aprontarem, e nem mais um instante.

– É o suficiente para nós – disse Holmes, pondo-se de pé e trocando o roupão pelo paletó. – Durante o trajeto, Mac, peço-lhe que me conte tudo o que sabe a respeito do caso.

"Tudo" o que o inspetor sabia provou ser desanimadoramente pouco, mas mesmo assim, suficiente para garantir que esse caso seria interessante para um especialista como Holmes. Ele esfregava as mãos de contentamento enquanto ouvia os parcos mas notáveis detalhes. Havíamos passado por uma longa série de semanas em que nada acontecera e, finalmente, havia algo para Holmes concentrar seus extraordinários poderes que, como todos os dons especiais, tornavam-se monótonos para seu detentor se não fossem colocados em uso. Aquele cérebro afiado embotava e enferrujava com a falta de ação. Os olhos de Sherlock Holmes brilhavam, suas faces pálidas ganhavam nova cor e seu semblante irradiava felicidade quando o trabalho o chamava. Inclinando-se para a frente na carruagem, ouvia atentamente a breve descrição de MacDonald a respeito do problema que nos aguardava em Sussex. O próprio inspetor só conhecia os fatos, conforme nos explicara, que constavam num relatório que lhe fora enviado pelo trem leiteiro nas primeiras horas da madrugada. White Mason, o oficial regional, era seu amigo pessoal e o avisara muito mais rapidamente do que se costuma quando os policiais do interior precisam da Scotland Yard e, portanto, a investigação começa quando as pistas já estão frias.

"Caro inspetor MacDonald", dizia a carta que ele nos lia. "A requisição oficial de seus serviços está num envelope à parte. A presente é uma mensagem particular. Passe-me um telegrama informando qual trem pegará de manhã para Birlstone e irei encontrá-lo na estação, ou mandarei alguém pegá-lo, se estiver muito ocupado. Este caso é desconcertante. Não perca tempo em começar. Se possível, traga o Sr. Sherlock Holmes, pois ele encontrará algo de seu gosto. Seria até possível imaginar que foi armada uma cena de espetáculo, caso não houvesse um morto envolvido. Repito que tudo isso é muito desconcertante!"

– Seu amigo não é nenhum tolo – comentou Holmes.

– De forma alguma. White Mason é um homem muito esperto, na minha opinião.

– Bem, sabe de mais alguma coisa?

– Apenas que ele nos dará todos os detalhes quando nos encontrarmos.

– Então como você sabe que o Sr. Douglas foi horrivelmente assassinado?

– Isso está no relatório oficial. Mas não diz "horrivelmente". Esse não é um termo oficial. Lá consta o nome John Douglas. O relatório também menciona que ele sofreu ferimentos na cabeça, provocados pelo disparo de uma arma de fogo. Também é mencionada a hora em que o crime foi descoberto, perto da meia-noite de ontem. O informe ainda dá conta que se trata, inquestionavelmente, de assassinato, que não foi feita nenhuma prisão e que o caso apresenta características extraordinárias e confusas. É tudo o que sabemos no momento, Holmes.

– Então, com sua permissão, vamos deixar assim, Mac. A tentação de formar teorias prematuras com dados insuficientes é o mal de nossa profissão. Só consigo ver duas coisas no momento: um grande cérebro em Londres e um morto em Sussex. Agora temos de encontrar os elos que ligam os dois.

Capítulo III

A Tragédia de Birlstone

E AGORA pedirei licença por um momento para fazer desaparecer minha insignificante pessoa e descrever os fatos que ocorreram antes de nossa chegada e dos quais tomamos conhecimento posteriormente. Apenas dessa forma posso fazer com que o leitor avalie as pessoas envolvidas e o estranho caso que agitou a vida delas.

A vila de Birlstone é pequena e muito antiga, com chalés de madeira, situada na fronteira norte do condado de Sussex. Durante séculos a vila permaneceu inalterada. Contudo, nos últimos anos sua aparência pitoresca atraiu um bom número de moradores abastados, cujas casas de campo saltam aos olhos entre os bosques que, acreditam os moradores nativos, constituem a borda da grande floresta de Weald, que se afunila até alcançar as dunas calcárias ao norte. Um pequeno número de lojas surgiu para atender o aumento populacional, de modo que, possivelmente, Birlstone irá se transformar de vila antiga em cidade moderna. Ela está no centro de uma área considerável, já que Tunbridge Wells, o mais próximo local de alguma importância, está a quinze ou vinte quilômetros a oeste, em Kent.

A quase um quilômetro da cidade, em meio a um velho parque famoso por suas enormes faias, fica a Mansão de Birlstone. Parte dessa venerável edificação data da primeira cruzada, quando Hugo de Capus construiu uma fortaleza no centro da propriedade, que lhe fora concedida pelo Rei Vermelho. A fortaleza foi destruída pelo fogo em 1543, e parte dos seus alicerces, escurecidos pelo fogo, foi usada no período jacobita para a construção de uma casa de campo, de alvenaria, sobre as ruínas do castelo feudal. A mansão, com seus diversos torreões e suas pequenas janelas em forma de diamante, ainda estava praticamente como o construtor original a deixara, no início do século XVII. Dos dois fossos que guardavam a construção anterior, mais bélica, o externo fora esvaziado e servia como uma humilde horta. O fosso interno continuava lá, rodeando a casa, com um metro e vinte de largura e menos de um metro de profundidade. Um riachozinho o alimentava, chegando até ele e continuando depois. Assim, a água do fosso, ainda que turva, não era insalubre ou malcheirosa. As janelas do pavimento térreo ficavam a trinta centímetros da superfície da água. A única entrada para a casa era uma ponte levadiça, cujos mecanismos e correntes há muito enferrujaram e se estragaram. Os mais novos moradores da mansão, contudo, mostrando sua disposição característica, consertaram-na, e a ponte não somente podia ser erguida, como de fato isso acontecia todas as noites, sendo baixada pela manhã. Dessa forma, renovava-se o costume dos dias feudais, em que a mansão convertia-se em uma ilha durante a noite. Esse, aliás, é um fato diretamente ligado ao mistério que logo atrairia as atenções de toda a Inglaterra.

A casa estivera inabitada por alguns anos e ameaçava transformar-se em ruína quando os Douglas a adquiriram. A família consistia em somente dois indivíduos, John Douglas e sua mulher. Tanto os aspectos físico como o de personalidade dele eram admiráveis. Tinha cerca de cinquenta anos, com um rosto determinado e o maxilar saliente; bigode grisalho e olhos verdes penetrantes e um corpo musculoso e cheio de vigor, que nada perdera da energia da juventude. John Douglas era alegre e cordial para com todos, mas havia algo de estranho em suas maneiras, dando a impressão de que já vivera numa classe social muito abaixo daquela que pertencia em Sussex. Ainda assim, mesmo que encarado com certo estranhamento por seus vizinhos mais tradicionais, logo conquistou grande popularidade entre os moradores, colaborando generosamente com todos os empreendimentos locais e comparecendo aos saraus onde, com sua bela voz de tenor, sempre dava alguma demonstração. Parecia ter muito dinheiro, que diziam ter ganho nas minas de ouro da Califórnia. Pelo sotaque que ele e a mulher tinham, era evidente que passaram boa parte da vida na América. A boa impressão que causara com sua generosidade e atitude participativa foi aumentada pela reputação de ser totalmente indiferente ao perigo. Ainda que fosse péssimo cavaleiro, comparecia a todas as reuniões hípicas, sofrendo quedas terríveis em sua determinação de se igualar aos melhores. Quando a casa paroquial pegou fogo, ele se destacou da mesma forma pela maneira destemida como entrou no edifício para recuperar os objetos mais preciosos, depois que os bombeiros anunciaram isso como impossível. Assim foi que John Douglas, morando por cinco anos em Birlstone, conseguiu ótima reputação.

Também sua esposa tornou-se popular entre aqueles que a conheceram, embora, de acordo com o costume inglês, eram raras as visitas a desconhecidos que passassem a morar no condado sem que houvesse uma apresentação formal. Isso não lhe importava muito, pois parecia estar num retiro voluntário e parecia dedicar-se totalmente a cuidar do marido e da casa. Sabia-se que ela era uma inglesa que conhecera John em Londres. Na época ele era um viúvo e ela, uma linda mulher; alta, morena e magra, cerca de vinte anos mais moça que o marido, o que, contudo, não parecia assombrar o contentamento da vida a dois que o casal demonstrava. No entanto, quem os conhecia bem afirmava que a confiança entre eles não parecia total, pois a mulher mostrava-se sempre reticente sobre a vida pregressa do marido, parecendo que ela mesma não sabia muito sobre o assunto. Também fora percebido e comentado por algumas pessoas que a Sra. Douglas às vezes mostrava sinais de nervosismo, especialmente quando o marido saía e demorava para voltar. Numa cidade sossegada, onde toda fofoca é bem-vinda, essa fraqueza da senhora da Mansão de Birlstone não passou despercebida, crescendo nas conversas quando os fatos envolvendo o mistério deram-lhe significado especial.

Havia ainda outro indivíduo morando na mansão, ainda que sua permanência lá fosse intermitente. Mas sua presença à época dos estranhos acontecimentos que em breve serão narrados fez com que seu nome viesse amplamente a público. Ele era Cecil James Barker, de Hales Lodge, Hampstead. A figura esguia e desenvolta de Cecil Barker tornara-se familiar na rua principal da vila de Birlstone, pois era assíduo e bem recebido na mansão. Despertava curiosidade por ser o único amigo do Sr. Douglas, que conhecia seu passado e era visto na nova residência inglesa. Barker era inglês, sem dúvida. Mas, através de seus comentários, sabia-se que conhecera Douglas na América, onde se tornaram grandes amigos. Parecia ser um homem de considerável riqueza e tido como solteiro. Era mais novo do que Douglas, com, no máximo, quarenta e cinco anos. Era alto, aprumado, de ombros largos, rosto de lutador com espessas sobrancelhas negras e um par de olhos negros que pareciam capazes, aliados às suas mãos poderosas, de lhe abrir caminho em meio a uma multidão. Nunca andava a cavalo ou caçava, passando os dias andando pela vila com o cachimbo na boca ou passeando de carruagem com Douglas, ou, na ausência deste, com sua esposa, pelos belíssimos campos. "Um cavalheiro generoso e despreocupado", disse sobre ele Ames, o mordomo. "Mas, palavra, não desejaria jamais ficar em seu caminho." Era cordial e afetuoso com John, tratava a Sra. Douglas da mesma forma, numa amizade que parecia, às vezes, causar certa irritação no marido, que até os criados percebiam seu desconforto. Barker era praticamente o terceiro membro da família quando a catástrofe aconteceu. Quanto aos outros moradores da velha mansão, é suficiente mencionar, entre a criadagem, o irrepreensível e capaz Ames e a Sra. Allen, pessoa obediente e alegre, que ajudava a patroa nas tarefas domésticas. Os outros seis empregados não tiveram qualquer relação com os acontecimentos da noite de 6 de janeiro.

As primeiras notícias alarmantes chegaram ao distrito policial local a cargo do sargento Wilson, do Corpo de Polícia de Sussex, às onze e quarenta e cinco. O Sr. Cecil Barker, muito agitado, correu até a porta e tocou furiosamente a campainha. Ocorrera uma terrível tragédia na mansão e o Sr. John Douglas fora assassinado. Essa era sua surpreendente mensagem. Correu de volta para a casa, acompanhado, minutos depois, pelo sargento, que chegou na cena do crime pouco depois da meia-noite, após alertar as autoridades do condado que algo de sério ocorrera.

Ao chegar à mansão, o sargento encontrou a ponte levadiça abaixada, as janelas iluminadas e toda a casa num estado de confusão e alarme. Os criados estavam lívidos, acotovelavam-se no hall de entrada, atrás do assustado mordomo. Apenas Cecil Barker parecia estar no controle de suas emoções. Ele abrira a porta mais próxima da entrada e fez sinal para que o sargento o acompanhasse. Naquele momento chegou o Dr. Wood, um médico aplicado e competente, que clinicava na vila. Os três homens entraram juntos na sala fatídica, seguidos de perto pelo horrorizado mordomo, que fechou a porta atrás de si para esconder das criadas a terrível cena.

O morto estava deitado de costas, no meio da sala, com braços e pernas abertos. Vestia um roupão rosado por cima das roupas de dormir e calçava chinelos. O médico se debruçou sobre ele e aproximou a lanterna que estava sobre a mesa. Um breve olhar à vítima mostrava que sua presença era desnecessária. Aquele homem fora terrivelmente atingido. Sobre o seu peito estava uma arma curiosa: uma escopeta com o cano duplo serrado a trinta centímetros dos gatilhos. Ela fora obviamente disparada à queima-roupa, e o falecido recebera toda a carga no rosto, o que despedaçara sua cabeça. Os gatilhos haviam sido amarrados juntos, de modo que a descarga fosse simultânea e mais destrutiva.

O sargento Wilson estava nervoso e preocupado com a tremenda responsabilidade que, de repente, lhe caíra nos ombros.

– Ninguém toque em nada até chegarem meus superiores – ele disse, numa voz abafada e olhando horrorizado para a amedrontadora cabeça.

– Nada foi tocado até agora – disse Cecil Barker. – Posso lhe garantir isso. O que você está vendo é o que encontramos.

– Quando aconteceu? – o sargento pegara seu bloco de notas.

– Às onze e meia. Eu ainda não começara a me vestir para dormir. Estava sentado à lareira, no meu quarto, quando ouvi o disparo. Não foi muito alto... parecia abafado. Corri para baixo. Acredito não ter demorado mais de trinta segundos até entrar no escritório.

– A porta estava aberta?

– Estava. O pobre Douglas jazia como agora. A vela queimava sobre a mesa. Fui eu que acendi a luminária, alguns minutos depois.

– Viu alguém?

– Não. Ouvi a Sra. Douglas descendo as escadas atrás de mim e corri para impedi-la de ver este quadro terrível. A Sra. Allen, a governanta, veio e afastou-a. Ames chegou e nós entramos no escritório.

– Mas com certeza a ponte levadiça ficou suspensa por toda a noite?

– Ficou, até que eu a baixei.

– Então, como o assassino pôde escapar? Sem dúvida, o Sr. Douglas se matou.

– Foi nossa primeira suposição. Mas, veja... – Barker afastou uma cortina e mostrou que a janela em forma de diamante estava totalmente aberta. – E veja isto! – ele abaixou a lanterna e iluminou um borrão de sangue no peitoril que se parecia com uma pegada. Alguém pôs o pé aqui ao sair.

– Quer dizer que alguém atravessou o fosso?

– Exatamente.

– Então, se o senhor chegou meio minuto após o crime, o assassino devia estar na água naquele momento.

– Não tenho dúvida que sim. Lamento não ter corrido logo para a janela. Mas não pensei nisso, pois a cortina a encobria. Então ouvi os passos da Sra. Douglas e senti que não podia deixá-la entrar. Teria sido horrível demais!

– Horrível demais! – concordou o médico, olhando para a cabeça despedaçada e as marcas que a rodeavam. – Nunca tinha visto tais ferimentos, desde o acidente de trem em Birlstone.

– Muito bem... – continuou o sargento, cujo raciocínio, vagaroso e rústico, ainda considerava a janela aberta – você disse que o homem escapou através do fosso, mas preciso saber... como ele entrou na casa se a ponte estava levantada?

– Ah, essa é uma dúvida – disse Barker.

– A que horas foi erguida?

– Perto de seis da tarde – disse Ames, o mordomo.

– Eu soube – disse o sargento – que ela normalmente é levantada ao pôr do sol, o que seria mais próximo de quatro e meia do que seis, nesta época do ano.

– A Sra. Douglas tinha visitas para o chá – disse Ames. – Não podia levantar a ponte até que saíssem. Depois, eu mesmo a ergui.

– Então o que temos é isto – disse o sargento. – Se alguém veio de fora, se, de fato, passou pela ponte antes das seis e permaneceu escondido até que o Sr. Douglas entrou nesta sala, após as onze.

– É verdade. O Sr. Douglas vistoriava toda a casa, todas as noites, para se certificar de que as luzes estavam apagadas. Foi isso que o trouxe aqui. O assassino estava à espreita e atirou nele, escapando pela janela e deixando a escopeta para trás. É como eu vejo o que aconteceu. Nada mais explica os fatos.

O sargento pegou um cartão que jazia no solo ao lado do cadáver. Nele estavam rabiscados toscamente as iniciais V. V. e o número 341.

– O que é isso? – ele perguntou, segurando-o.

Barker examinou-o com curiosidade.

– Nunca o vi antes – disse. – Talvez o assassino tenha deixado cair.

– V. V. 341. Não faz sentido nenhum para mim – o sargento ficava virando o cartão com seus dedões.

– O que é V.V.? As iniciais de alguém, possivelmente. O que encontrou aí, Dr. Wood?

Era um martelo, que estivera sobre o tapete em frente à lareira.

Tratava-se de uma ferramenta de bom tamanho, semelhante aos usados por carpinteiros. Cecil Barker apontou para uma caixa de pregos com cabeça de latão sobre o aparador da lareira.

– Ontem o Sr. Douglas estava mudando os quadros de lugar – ele disse. – Eu o vi de pé sobre aquela cadeira fixando a grande pintura que está acima dela. Isso explica o martelo.

– É melhor que o ponhamos no tapete, onde foi achado – disse o perplexo sargento, coçando sua cabeça confusa. – Precisaremos dos melhores cérebros da polícia para resolver este caso. Estará nas mãos de Londres antes de acabarmos – ele ergueu a lanterna e caminhou vagarosamente pela sala. – Opa! – gritou, agitado, afastando a cortina para o lado. – A que horas as cortinas foram fechadas?

– Quando as lâmpadas foram acesas – disse o mordomo. – Pouco antes das quatro.

– Alguém esteve se escondendo aqui, isso é claro – ele abaixou a lanterna, tornando visíveis as marcas de botas enlameadas. – Devo dizer que isto fortalece sua teoria, Sr. Barker. Parece que o assassino entrou na casa depois das quatro, quando as cortinas já tinham sido fechadas e antes das seis, quando a ponte foi levantada. Ele entrou nesta sala porque foi a primeira que viu. Não havia outro lugar para se esconder, então se colocou atrás da cortina. Tudo isso parece bem claro. Pode ser que sua ideia fosse roubar a casa, mas o Sr. Douglas encontrou-o, foi assassinado e o criminoso fugiu.

– É o que me parece – disse Barker. – Mas, ouça, não estamos perdendo tempo precioso? Não podemos dar uma batida nos arredores antes que o sujeito fuja?

O sargento refletiu por um instante.

– Não há trens antes das seis da manhã. Assim, ele não pode fugir pela ferrovia. Se fugir pela estrada, com as calças ensopadas, provavelmente alguém vai reparar nele. De qualquer forma, não posso abandonar meu posto até que alguém me substitua. Mas também acho que nenhum de vocês deve sair até esclarecermos a situação.

O médico examinou cuidadosamente o cadáver, com o auxílio da lanterna.

– Que marca é esta? – perguntou. – Pode ter alguma relação com o crime?

O braço direito do morto estava fora do robe, exposto até o cotovelo. Mais ou menos na metade do antebraço havia um estranho desenho marrom, um triângulo dentro de um círculo, formando um relevo bem destacado sobre a pele clara.

– Não é tatuagem – disse o médico, olhando através dos óculos. – Nunca vi algo como isto. Este homem foi marcado há algum tempo, da mesma forma que marcam gado. Qual o significado disto?

– Não sei o significado disso – informou Cecil Barker. – Mas já vi essa marca em Douglas há uns dez anos.

– Também já vi – disse o mordomo. – Muitas vezes, quando o patrão arregaçava as mangas, eu percebia essa marca. Eu me perguntava o que ela significa.

– Então não tem nada a ver com o crime – disse o sargento. – Mas é esquisita, de qualquer forma. Aliás, tudo sobre este caso é esquisito. Bem, o que foi agora?

O mordomo soltara uma exclamação de espanto, e apontava para a mão do morto.

– Levaram sua aliança de casamento! – ele gaguejou.

– Quê?!

– É verdade! O patrão sempre usou a aliança de ouro liso do casamento no dedo menor da mão esquerda. O anel com a pepita ficava sobre a aliança, e o anel com a serpente torcida, no dedo médio. Ele está com a pepita e com a cobra, mas não com a aliança.

– Ele tem razão – disse Barker.

– Você quer dizer – disse o sargento – que a aliança estava embaixo do outro anel?

– Sempre esteve!

– Então o assassino, ou quem quer que seja, primeiro tirou o anel que você chama de pepita, depois tirou a aliança e colocou de volta o anel-pepita.

– Isso mesmo.

O valoroso policial balançou a cabeça.

– Parece-me que quanto antes conseguirmos a ajuda de Londres neste caso, melhor – ele disse. – White Mason é um homem inteligente, para quem os crimes locais nunca apresentaram dificuldades. Não vai demorar até que ele esteja conosco para nos ajudar. Mas acho que desta vez vamos precisar de Londres para resolver essa confusão. De qualquer modo, não tenho vergonha de dizer que o assunto é complicado demais para mim.

Capítulo IV

Escuridão

Às TRÊS da madrugada, o detetive-chefe de Sussex, atendendo ao chamado urgente do sargento Wilson, de Birlstone, deixou o distrito central num cupê, exaurindo o animal. No trem das cinco e quarenta e cinco da manhã ele enviou uma mensagem para a Scotland Yard e, ao meio-dia, estava na estação de Birlstone para nos receber. O Sr. White Mason era uma pessoa sossegada e agradável. Usava um confortável terno de *tweed*. Tinha o rosto bem barbeado e era corado, a compleição robusta e fortes pernas arqueadas. Calçava polainas e parecia um agricultor, caçador aposentado ou qualquer outra coisa, menos um respeitável policial do interior.

– Um verdadeiro quebra-cabeças, Sr. MacDonald – ele repetia. – Os homens da imprensa vão voar para cá como moscas quando souberem. Espero que consigamos concluir nosso trabalho antes que eles venham meter o nariz aqui e estragar todas as pistas. Não me lembro de nada parecido com este caso. Há certos aspectos que parecem sob encomenda para o Sr. Sherlock Holmes, ou muito me engano. E para o senhor também, Dr. Watson, pois a opinião dos médicos será importante. Reservamos um quarto para vocês no Westville Arms. Não há outra opção, mas soube que é bom e limpo. Deixe que ele leve suas malas. Por aqui, senhores, por favor.

Era muito zeloso e alegre, aquele detetive de Sussex. Em dez minutos estávamos em nossos aposentos. Em mais dez estávamos sentados no saguão da estalagem, onde ouvíamos uma preleção sobre os eventos descritos no capítulo anterior. MacDonald fazia uma ou outra observação enquanto Holmes permanecia absorto, com aquela expressão de surpresa e admiração com que os botânicos observam plantas raras e preciosas.

– Formidável! – ele exclamou, quando a narrativa terminou. – Verdadeiramente formidável. Não consigo me lembrar de outro caso cujas características sejam tão interessantes.

– Imaginei que diria isso, Sr. Holmes – disse White Mason com grande satisfação. – Procuramos acompanhar nosso desenvolvimento, aqui em Sussex. Já lhes contei como está a situação, até a hora em que assumi o caso com o sargento Wilson, entre três e quatro da madrugada. Palavra que fiz minha velha égua correr! Mas, como as coisas depois demonstraram, não havia necessidade de tanta pressa, pois nada eu podia fazer de imediato. O sargento Wilson já tinha todos os fatos. Eu os examinei e refleti sobre eles, talvez acrescentando mais alguns detalhes.

– E quais foram eles? – perguntou Holmes, ansioso.

– Bem, primeiro examinei o martelo. O Dr. Wood estava lá para me ajudar. Não havia sinais de violência nele. Imaginava que, se o Sr. Douglas o utilizara para se defender, ele poderia ter ferido o assassino antes de morrer. Mas não havia marcas.

– O que, é claro, nada prova – observou o inspetor MacDonald. – Já ocorreram diversos assassinatos com martelos em que nenhuma marca ficou na ferramenta.

– Correto. E isso não quer dizer que ele não foi usado. Contudo, poderia haver sinais que nos ajudassem. Mas estes não existem. Então examinei a arma. Foram usados cartuchos de chumbo grosso e, como o sargento Wilson assinalou, os dois gatilhos foram amarrados para que as cargas fossem disparadas simultaneamente com um único tiro. Quem preparou a arma não queria correr riscos de errar o tiro. A arma serrada tem pouco mais de meio metro; podia ser facilmente transportada sob o casaco. Não há marca do fabricante. Apenas leem-se as letras PEN na peça que liga os dois canos. O resto do nome foi cortado.

– Um "P" grande com um floreio acima; o "E" e o "N" menores? – perguntou Holmes.

– Exatamente.

– Pennsylvania Small Arm Company; uma firma americana bem conhecida – disse Holmes.

White Mason olhou para meu amigo da mesma forma que um médico de interior olha para o especialista da cidade grande, que com uma palavra resolve as dificuldades que o confundem.

– Isso ajuda muito, Sr. Holmes. O senhor tem toda razão. Espantoso! O senhor guarda na memória os nomes de todos os fabricantes de armas no mundo?

Holmes desviou o assunto com um gesto de mão.

– Sem dúvida esta é uma escopeta americana – continuou White Mason. – Creio já ter lido que, na América, escopetas serradas são utilizadas em certas regiões. Apesar de não ter reconhecido a marca no cano, a ideia tinha me ocorrido. Há evidências, portanto, que o homem que entrou nesta casa e matou seu dono era americano.

MacDonald balançou a cabeça.

– Amigo, você está indo depressa demais – disse. – Ainda não vi evidência de que qualquer estranho esteve na casa.

– A janela aberta, o sangue no parapeito, o cartão de visitas, as marcas de botas, a arma.

– Nada que não pudesse ter sido arranjado. O Sr. Douglas era americano, ou viveu muito tempo lá. Da mesma forma que o Sr. Barker. Não é necessário importar um americano para fazer coisas americanas.

– Ames, o mordomo...

– O que tem ele? É confiável?

– Dez anos com *Sir* Charles Chandos. Absolutamente confiável. Está com Douglas desde que ele comprou a mansão, há cinco anos. Nunca viu uma arma como essa na casa.

– Essa escopeta é fácil de esconder; para isso os canos foram serrados. Caberia em qualquer caixa. Como ele pode jurar que não havia arma desse tipo na casa?

– De qualquer forma, ele nunca viu nada assim.

MacDonald balançou sua obstinada cabeça escocesa.

– Ainda não estou convencido de que havia um estranho na casa – disse. – Estou lhes pedindo que reflitam – seu sotaque tornava-se cada vez mais escocês – no que significa supor que um estranho entrou na casa com a escopeta para matar o Sr. Douglas. Isso é inconcebível! É simples questão de bom senso. Deixo com você, Holmes, avaliando pelo que sabemos.

– Bem, exponha seu ponto de vista, Mac – pediu Holmes com seu estilo prudente.

– O sujeito não é um ladrão, supondo-se que ele exista. A questão do anel e do cartão de visita indicam um assassinato premeditado, por alguma razão que desconhecemos. Muito bem. Então o sujeito entrou na casa com a intenção deliberada de cometer assassinato. Ele sabe, se sabe alguma coisa, que terá dificuldade para escapar, pois a casa é cercada por água. Que arma ele escolhe? Deveria ser a mais silenciosa do mundo. Assim ele poderia esperar que, tendo concluído seu crime, fugiria rapidamente pela janela, atravessaria o fosso e escaparia. Isso é compreensível. Mas não é possível entender que ele trouxesse a arma mais barulhenta que encontrasse, sabendo que o ruído despertaria todas as pessoas da casa, trazendo-as para o local do crime o mais rápido que pudessem correr, e que ele talvez fosse visto antes de atravessar o fosso? Acredita nisso, Holmes?

– Bem, seu raciocínio é convincente – meu amigo replicou, pensativo. – Certamente, isso necessitaria de uma boa motivação. Posso lhe perguntar, Sr. White Mason, se examinou a margem externa do fosso assim que chegou, para ver se havia sinais de um homem saindo da água?

– Não havia sinais, Sr. Holmes. Mas, como a borda é de pedra, pouco se podia esperar.

– Nenhuma marca ou indício?

– Nada.

– Ah! O senhor faria alguma objeção a que nos dirigíssemos imediatamente à casa? Talvez haja algum pequeno detalhe que sugira algo.

– Era o que eu iria propor, Sr. Holmes, mas achei melhor colocá-los a par dos acontecimentos antes de irmos. Espero que se o senhor descobrir algo...

White Mason olhou para o detetive particular com indecisão.

– Já trabalhei antes com o Sr. Sherlock Holmes – afirmou o inspetor MacDonald. – Ele segue as regras do jogo.

– As minhas regras, de qualquer forma – disse Holmes com um sorriso. – Quando participo de um caso, faço-o com a intenção de ajudar a justiça e o trabalho da polícia. Se alguma vez me afastei das investigações oficiais, foi porque os investigadores oficiais se afastaram de mim primeiro. Não tenho o menor desejo de levar a fama por seu trabalho. Por outro lado, Sr. White Mason, exijo o direito de trabalhar à minha maneira e expor os resultados do meu modo; completos, e não em partes.

– Esteja certo de que estamos honrados por trabalhar com o senhor, compartilhando tudo o que sabemos – disse White Mason, cordialmente. – Venha, Dr. Watson, quando a hora chegar, todos esperamos um lugar no seu livro.

Descemos a curiosa rua da vila, enfeitada dos dois lados por olmeiros. Pouco adiante, estavam dois antigos pilares de pedra, escurecidos pelo tempo e cobertos de musgo. Em seu topo havia duas figuras disformes, que já foram os leões rampantes de Capus de Birlstone. Depois, uma curta caminhada pela alameda sinuosa, margeada por carvalhos como só se veem no interior da Inglaterra, uma volta súbita e lá estava, diante de nós, a casa, extensa e em estilo jacobita, de tijolos vermelhos escurecidos pelo tempo. Em seus dois lados havia um jardim à moda antiga, com teixos aparados. Ao nos aproximarmos, vimos a ponte levadiça de madeira e o belo fosso, imóvel e luminoso, parecendo de mercúrio, iluminado que estava pelo frio sol de inverno. Três séculos passaram pela velha mansão, séculos de nascimentos e voltas ao lar, de danças campestres e encontros de caçadores. Era estranho que naquele momento, em sua velhice, a casa tivesse suas paredes veneráveis ensombrecidas por aquele tenebroso enigma. Contudo, as exageradas cumeeiras pontudas e os curiosos torreões suspensos formavam um cenário adequado para o terrível e trágico episódio que ocorrera. Observando as grossas janelas e a extensa fachada desbotada e escurecida pelo tempo, senti que não haveria local mais apropriado para aquela tragédia.

– Aquela é a janela – informou White Mason. – A primeira à direita da ponte levadiça. Está aberta da mesma forma como foi encontrada na noite passada.

– Parece muito estreita para um homem passar.

– Bem, não foi um homem gordo, com certeza. Não precisamos de suas deduções para saber disso, Sr. Holmes. Eu ou você poderíamos nos espremer por ali.

Holmes foi até a borda do fosso, examinando-a.

– Já dei uma boa olhada, Sr. Holmes – disse White Mason. – Não há nada aí; nenhum sinal de que alguém tenha subido por ele. Mas por que ele deixaria algum sinal?

– Exatamente. Por quê? A água é sempre turva?

– Geralmente é dessa cor. O riacho tem muito lodo.

– Qual a profundidade?

– Cerca de meio metro junto às margens e menos de um metro no meio.

– Então podemos afastar a ideia de o sujeito ter se afogado tentando atravessá-lo?

– Podemos. Uma criança não se afogaria.

Atravessamos a ponte e fomos recebidos por um indivíduo estranho, ossudo e enrugado, o mordomo Ames. O velho estava pálido e trêmulo pelo choque. O sargento, um homem alto e formal, permanecia de guarda na cena do crime. O médico já se fora.

– Alguma novidade, sargento Wilson? – perguntou White Mason.

– Não, senhor.

– Então pode ir para casa. Você já trabalhou bastante. Se for necessário mando chamá-lo. É melhor que o mordomo fique fora. Diga-lhe para avisar o Sr. Cecil Barker, a Sra. Douglas e a governanta que possivelmente conversaremos com eles daqui a pouco. Agora, senhores, deixem-me primeiro expor a opinião que formei sobre o caso, e depois vocês poderão chegar às suas próprias.

Fiquei impressionado por aquele perito do interior. Possuía um domínio sólido dos fatos além de um raciocínio claro e sensato que o faria progredir em sua profissão. Holmes ouviu-o atentamente, sem os sinais de impaciência que os policiais frequentemente lhe causam.

– Foi suicídio ou assassinato? Essa é nossa primeira pergunta, correto? Se foi suicídio, então este homem começou seu ritual tirando e escondendo sua aliança. Depois veio até aqui, vestindo seu roupão, pisou com o pé sujo de lama atrás da cortina, para dar a ideia de que alguém esperava por ele, abriu a janela, pôs sangue no...

– Acho que podemos abandonar essa ideia – cortou MacDonald.

– Também acho. Suicídio está fora de questão. Então, temos um assassinato. Precisamos, contudo, determinar se foi cometido por alguém de dentro ou de fora da casa.

– Bem, vamos ouvir sua opinião sobre isso.

– Existem grandes dificuldades, qualquer que seja a hipótese.

Mesmo assim, tem de ser uma delas. Vamos supor, a princípio, que o crime foi realizado por uma pessoa, ou algumas pessoas, da casa. O Sr. Douglas foi trazido aqui num horário em que tudo estava quieto e, ainda assim, ninguém estava dormindo. O assassinato foi, então, levado a cabo com a arma mais barulhenta do mundo, para alertar a todos do que ocorrera, uma arma que nunca antes fora vista na casa. Não parece um início muito provável, parece?

– Não, não parece.

– Bem, parece que todos concordam que, após o alarme ter sido dado, menos de um minuto se passou até que todos os moradores, menos o Sr. Cecil Barker, que afirma ter sido o primeiro a chegar, chegassem à cena. Quer dizer então que o culpado pôde produzir pegadas atrás da cortina, abrir a janela, manchar o parapeito de sangue, tirar a aliança do dedo do cadáver e tudo o mais? É impossível.

– Falou muito bem – disse Holmes. – Estou inclinado a concordar com você.

– Dessa forma, voltamos à teoria de que o crime foi cometido por alguém de fora. Ainda assim, isso nos apresenta algumas dificuldades enormes, que já não são, contudo, impossibilidades. O criminoso entrou na casa entre quatro e trinta e seis da noite, ou seja, entre o escurecer e a hora em que a ponte foi levantada. Havia visitas e a porta estava aberta. Assim, não havia nada para impedi-lo de entrar. Poderia se tratar de um ladrão comum ou de alguém com contas a acertar com o Sr. Douglas. Já que a vítima passou boa parte de sua vida na América, e que a escopeta parece ser uma arma americana, a teoria do acerto de contas pessoal é mais provável. O assassino entrou nesta sala porque foi a primeira disponível, e aqui se escondeu atrás da cortina, onde permaneceu até depois das onze horas. Então, o Sr. Douglas entrou na sala, discutiram brevemente, se é que discutiram, pois a Sra. Douglas afirma que o marido saíra de perto dela por apenas alguns minutos antes de ela ouvir o tiro.

– A vela demonstra isso – disse Holmes.

– Exatamente. A vela, que era nova, não ardeu muito mais que um centímetro. Ele deve tê-la colocado sobre a mesa antes de ser atacado, pois do contrário ela teria caído junto com o Sr. Douglas. Isso mostra que ele não foi agredido logo que entrou. Quando o Sr. Barker chegou, a luminária estava acesa e a vela apagada.

– Tudo isso está bem claro.

– Então, vamos reconstruir os fatos nessa linha. O Sr. Douglas entra na sala e deixa a vela sobre a mesa. Um homem sai de trás da cortina. Está armado com a escopeta. Exige a aliança de Douglas, sabe Deus por quê, mas deve ter sido assim. A vítima a entrega. Em seguida, a sangue-frio ou durante uma luta, talvez Douglas tenha pegado o martelo que foi encontrado no chão, o assassino dispara o terrível tiro duplo. Ele deixa sua arma e também esse cartão peculiar, "V.V. 341", o que quer que isso signifique. Depois foge pela janela e atravessa o pântano no instante em que o Sr. Cecil Barker descobre o crime. Que tal, Sr. Holmes?

– Muito interessante, mas pouco convincente.

– Homem, isso seria um absurdo total se qualquer outra teoria não fosse ainda pior – exclamou MacDonald. – Alguém matou esse homem e, quem quer que tenha sido, eu provaria que ele poderia ter agido de outra forma mais viável. O que ele pretendia ao se arriscar a ser pego enquanto fugia? O que pretendia usando uma escopeta, quando o silêncio era sua melhor chance de escapar? Vamos lá, Holmes, o senhor nos deve uma explicação, já que julga pouco convincente a teoria de White Mason.

Holmes permanecera sentado durante toda a discussão, não deixando escapar nenhuma palavra do que era dito, com seus olhos agudos indo de um lado a outro e a testa franzida pela atenção.

– Preciso de mais fatos antes de poder formular uma teoria, Mac – ele disse, ajoelhando-se ao lado do cadáver. – Meu Deus! Esses ferimentos são realmente assustadores. Podemos chamar o mordomo por um instante?... Ames, pelo que sei, você já vira, antes, essa marca estranha, um triângulo dentro de um círculo, no antebraço do Sr. Douglas?

– Frequentemente, senhor.

– Nunca soube do que se trata?

– Não, senhor.

– Deve ter causado muita dor quando foi feita. Trata-se, sem dúvida, de uma queimadura. Vejo, Ames, que há um pedacinho de esparadrapo no queixo do Sr. Douglas. Havia percebido isso quando ele estava vivo?

– Sim, senhor; ele se cortou ao fazer a barba, ontem pela manhã.

– Você sabe de outra ocasião em que ele tenha se cortado ao se barbear?

– Há muito tempo que isso não acontece, senhor.

– É sugestivo! – disse Holmes. – Pode, é claro, ser mera coincidência, ou pode mostrar certo nervosismo, indicando que ele tinha motivos para se achar em perigo. Você reparou algo de estranho no comportamento do Sr. Douglas, Ames?

– Pareceu-me que o patrão estava inquieto e irritável, senhor.

– Ah! Talvez o ataque não fosse totalmente inesperado. Parece que fazemos algum progresso, ou não? Talvez queira continuar com as perguntas, Mac?

– Não, Holmes, está em melhores mãos.

– Bem, vamos ao cartão. "V.V. 341"; é de papelão comum. Existem mais desses na casa?

– Creio que não.

Holmes foi até a escrivaninha e salpicou o conteúdo de cada tinteiro no mata-borrão.

– O cartão não foi escrito nesta sala – disse. – Esta tinta é preta, e a que foi usada tem um tom de púrpura. E foi escrito com ponta grossa, enquanto estas são finas. Definitivamente, foi escrito em outro lugar. Sabe algo a respeito da inscrição, Ames?

– Não, senhor. Nada.

– O que acha, Mac?

– Isso me dá a impressão de uma sociedade secreta, ou algo assim. O mesmo com relação à marca no antebraço.

– É o que me parece, também – disse White Mason.

– Bem, podemos aceitar essa ideia como uma hipótese de trabalho e vejamos até que ponto nossas dificuldades desaparecem. Um agente dessa sociedade entra na casa, espera o Sr. Douglas, praticamente arranca sua cabeça com essa arma e foge atravessando o fosso, depois de deixar um cartão ao lado do cadáver, que irá, quando mencionado nos jornais, avisar os outros membros de sua sociedade que a vingança foi efetuada. Tudo isso faz sentido. Mas por que esta arma, dentre todas as existentes?

– Exatamente.

– E quanto à aliança desaparecida?

– Também.

– E por que ninguém foi preso? Já passam das duas da tarde. Acredito que todo policial num raio de sessenta quilômetros, desde o nascer do dia, está procurando um estranho molhado.

– Perfeitamente, Sr. Holmes.

– Bem, a menos que tivesse um esconderijo por perto ou uma muda de roupas pronta para usar, ele não teria como escapar à polícia. Mesmo assim escapou, pelo menos até agora.

Holmes foi até a janela e examinava, com sua lupa, a mancha de sangue no parapeito.

– Claramente, trata-se de uma pegada de sapato. É notavelmente larga; um pé chato, eu diria. E o curioso é que a pegada de barro atrás da cortina parece de um pé mais estreito. De qualquer forma, é difícil ver muita diferença. O que é isso embaixo da mesinha?

– Os halteres do Sr. Douglas – respondeu Ames.

– Halteres... só há um. Onde está o outro?

– Não sei, Sr. Holmes. Talvez só exista um, mesmo. Faz meses que não reparava nisso.

– Só um haltere... – começou Holmes, com seriedade, mas foi interrompido por uma batida forte na porta. Um homem alto, bronzeado, barbeado e de olhar inteligente fitava-nos. Seus olhos confiantes pularam inquisitivamente de rosto em rosto.

– Desculpem-me por interrompê-los – ele disse –, mas talvez queiram saber a novidade.

– Prenderam alguém?

– Não tivemos tanta sorte. Mas encontraram a bicicleta do assassino. O sujeito deixou a bicicleta para trás. Venham ver. Está a uns cem metros da porta.

Encontramos uma meia dúzia de empregados e curiosos examinando uma bicicleta que fora tirada de trás dos arbustos, onde estivera escondida. Era uma Rudge – Whitworth bem usada e suja como se viesse de uma longa viagem. A bolsa lateral continha um parafuso e uma lata de óleo, mas nenhuma pista quanto a seu dono.

– Seria de grande ajuda para a polícia – disse o inspetor –, se estas coisas fossem numeradas e registradas. Mas devemos ficar contentes com o que achamos. Se não podemos descobrir para onde foi, talvez possamos saber de onde veio. Mas o que em nome de tudo que é sagrado fez o sujeito abandoná-la? E por que fugiu sem ela? Parece que nada surge para iluminar-nos neste caso, Sr. Holmes.

– Será que não? – meu amigo perguntou, pensativo. – Quem sabe?

Capítulo V

Os Personagens do Drama

– Já viram tudo o que desejavam? – perguntou White Mason quando retornamos à casa.

– Por enquanto – respondeu o inspetor. Holmes concordou.

– Então talvez queiram ouvir os testemunhos das pessoas que estavam na casa? Vamos usar a sala de jantar, Ames. Por favor, venha você primeiro e conte-nos o que sabe.

O relato do mordomo foi simples e claro, dando a impressão convincente de sinceridade. Ele fora contratado há cinco anos, logo que o Sr. Douglas chegou a Birlstone. Sabia que o patrão era um homem rico, que fizera fortuna na América. Fora um empregador bondoso e compreensivo, embora fosse diferente do que Ames estava acostumado – mas não se pode ter tudo neste mundo. Jamais percebera qualquer sinal de apreensão no Sr. Douglas; pelo contrário, era o homem mais destemido que já conhecera. Ordenava que a ponte levadiça fosse erguida todas as noites porque esse era o antigo costume da velha mansão e gostava de manter as tradições. O Sr. Douglas raramente ia a Londres ou saía da vila, mas no dia anterior ao crime estivera fazendo compras em Tunbridge Wells. Ames observara-lhe certa inquietação naquele dia, parecendo impaciente e irritável, o que não era comum. Na noite do crime Ames não fora se deitar, pois estava guardando a prataria na despensa. Então, ouviu a campainha tocar violentamente. Não ouviu o tiro e dificilmente conseguiria, pois a despensa e a cozinha ficam nos fundos da casa, atrás de várias portas fechadas com um longo corredor entre elas. A governanta saíra de seu quarto, também atraída pelo violento toque da campainha. Os dois chegaram juntos à ala social da casa onde, ao pé da escada, viram a Sra. Douglas descendo. Não, ela não estava correndo, e não lhes pareceu que estivesse especialmente assustada. Quando ela terminou de descer, o Sr. Barker saiu correndo do escritório e pediu-lhe que voltasse.

– Pelo amor de Deus, volte para seu quarto! – ele gritou. – O Jack está morto. Você não pode fazer nada. Pelo amor de Deus, vá!

Após uma breve discussão na escada, a Sra. Douglas voltou. Ela não gritou ou chorou. A Sra. Allen, a governanta, levou-a para o andar de cima e permaneceu com ela no quarto. Ames e o Sr. Barker voltaram ao escritório, onde deixaram tudo como a polícia encontrou. A vela não estava acesa, porém a luminária, sim. Os dois olharam pela janela, mas a noite estava muito escura e nada conseguiram ver ou ouvir. Então os dois se dirigiram ao hall, onde Ames virou a engrenagem que baixava a ponte, e o Sr. Barker correu para avisar a polícia. Esses são os detalhes essenciais do depoimento do mordomo.

O testemunho da Sra. Allen, a governanta, foi, em certa medida, uma repetição do que dissera Ames. Seu quarto era bem mais próximo à ala social da casa do que a despensa em que o mordomo estava trabalhando. Ela se preparava para dormir quando o alto toque da campainha chamou-lhe a atenção. Ela é um bocado surda. Talvez seja por isso que não ouviu o tiro, mas, de qualquer forma, o escritório ficava longe. Recordava-se, por outro lado, de ouvir um ruído que identificou como a batida de uma porta. Isso, no entanto, foi bem mais cedo, no mínimo meia hora antes de soar a campainha. Quando Ames correu para a ala social, ela o acompanhou, e viu o Sr. Barker, pálido e agitado, saindo do escritório. Ele interceptou a Sra. Douglas, que descia as escadas, e pediu-lhe que voltasse ao quarto. Ela respondeu, mas a governanta não ouvira o que foi dito.

– Leve-a para cima. Fique com ela! – o Sr. Barker dissera à governanta.

Portanto, ela acompanhou a patroa ao seu quarto de dormir e procurou acalmá-la. A Sra. Douglas estava muito nervosa, tremendo toda, mas não tentou voltar ao escritório. Ela permaneceu sentada, vestindo seu roupão, em frente à lareira, com a cabeça enterrada nas mãos. A Sra. Allen ficou com ela a maior parte da noite. Quanto aos outros criados, todos estavam na cama, e de nada souberam até quase a chegada da polícia. Eles dormem nos fundos da casa, e não lhes seria possível ouvir nada.

Foi tudo o que disse a governanta, que não soube responder outras perguntas, a não ser com lamentos e expressões de espanto.

O Sr. Cecil Barker foi a próxima testemunha. Quanto ao ocorrido na noite anterior, ele tinha pouco a acrescentar ao que já dissera à polícia. Estava pessoalmente convencido de que o assassino escapara pela janela. O sangue no parapeito parecia-lhe prova definitiva disso. Ademais, como a ponte estava erguida, não havia outro meio de escapar. Não conseguia entender o que acontecera ao assassino e por que deixara sua bicicleta – se, de fato, era sua. O sujeito também não poderia ter se afogado no fosso, pois este não chegava a um metro de profundidade.

Ele tinha sua própria teoria sobre o assassinato. Douglas era um homem reservado, e havia episódios de sua vida que ele nunca revelara. Emigrara da Irlanda para a América ainda muito novo. Lá prosperou muito e Barker o conheceu na Califórnia, quando se tornaram sócios numa mina muito rendosa num lugar chamado Benito Canyon. Tiveram sucesso na empresa, mas Douglas, repentinamente, vendeu sua parte e foi para a Inglaterra. Era viúvo na época. Depois, Barker também vendeu sua parte e foi morar em Londres. Assim, reviveram a amizade. Douglas dava-lhe a impressão de que algum perigo pairava sobre ele. Sua partida súbita da Califórnia e o fato de alugar uma casa em local tão sossegado da Inglaterra davam a Barker a impressão de que Douglas realmente corresse perigo. Imaginava que alguma sociedade secreta, uma organização implacável, estava na trilha de Douglas, e que seus perseguidores não sossegariam até vê-lo morto. Algumas observações que o amigo fez deram-lhe essa ideia, embora nunca lhe tivesse contado qual organização seria, nem o que teria feito para ofendê-la. Ele apenas podia supor que aquele cartão tinha alguma referência a essa sociedade secreta.

– Por quanto tempo você ficou com Douglas na Califórnia? – perguntou o inspetor MacDonald.

– Cinco anos no total.

– Você disse que ele era solteiro?

– Não, viúvo.

– Sabe de onde é a primeira mulher dele?

– Não. Lembro-me de Douglas comentar que ela descendia de suecos, e vi seu retrato. Era uma mulher linda. Morreu de febre tifoide um ano antes de eu o conhecer.

– E quanto a seu passado, está relacionado a alguma parte da América em especial?

– Ouvi-o falar de Chicago. Conhecia bem a cidade e trabalhou lá. Falou também dos distritos de carvão e ferro. Douglas viajou bastante na juventude.

– Era político? Será que essa sociedade tinha algo a ver com política?

– Não... ele não ligava para política.

– Você tem alguma razão para achar que ele cometeu algum crime no passado?

– Pelo contrário; nunca conheci homem mais correto.

– Havia algo de estranho em sua atitude quando estavam na Califórnia?

– O que ele mais gostava de fazer era trabalhar em nossa mina, nas montanhas. Se pudesse evitar, nunca ia onde houvesse outros homens. Isso me fez pensar, pela primeira vez, que talvez alguém estivesse atrás dele. Então, quando partiu tão repentinamente para a Europa, tive certeza disso. Acho que ele recebeu algum aviso. Menos de uma semana após sua partida, apareceu uma meia dúzia de homens procurando por ele.

– Que tipo de homens?

– Bem, era uma turma de mau aspecto. Chegaram à mina e queriam saber onde ele estava. Disse-lhes que Douglas fora para a Europa e que eu não sabia como encontrá-lo. Eles não tinham boas intenções, era fácil perceber.

– Eles eram americanos... da Califórnia?

– Não sei se californianos, mas americanos com certeza. Não eram mineiros. Não sei o que eram, mas fiquei feliz quando foram embora.

– Isso foi há seis anos?

– Quase sete.

– E antes disso vocês trabalharam juntos por cinco anos, na Califórnia, de modo que esse segredo do Sr. Douglas tinha mais de onze anos?

– É verdade.

– Deve ser uma rixa muito séria para se conservar durante tanto tempo. Não devia ser fácil para ele suportar a tensão.

– Isso o atormentou toda a vida. Nunca saiu de sua cabeça.

– Mas, se um homem está correndo perigo, não seria natural que procurasse a polícia para pedir proteção?

– Talvez fosse algum perigo contra o qual não pudesse se proteger. Existe algo que vocês precisam saber. Ele sempre andava armado. Nunca estava sem seu revólver. Mas, por azar, ele estava de roupão e deixara a arma no quarto, na noite passada. Imagino que ele se achava seguro pelo simples fato de a ponte estar levantada.

– Quero esclarecer essa questão das datas – disse MacDonald. – Faz seis anos que Douglas saiu da Califórnia. O senhor o seguiu no ano seguinte, não é isso?

– Exato.

– Ele estava casado há cinco anos. O senhor deve ter chegado na época do casamento.

– Um mês antes. Fui seu padrinho.

– O senhor conheceu a Sra. Douglas antes do casamento?

– Não. Estive fora da Inglaterra por dez anos.

– Mas a tem visto com frequência desde então?

Barker olhou com seriedade para o detetive.

– Eu vi o Sr. Douglas com frequência desde então – respondeu. – Se a vi, é porque não é possível visitar um homem sem ver sua mulher. Se o senhor imagina que há alguma relação...

– Não imagino nada, Sr. Barker. Mas devo fazer todas as perguntas que possam se relacionar com o caso. Não tenho intenção de ofendê-lo.

– Algumas perguntas realmente podem ofender – respondeu Barker, irritado.

– Só queremos os fatos. É de seu próprio interesse, e também de todos, que tudo seja esclarecido. O Sr. Douglas aprovava totalmente sua amizade com a esposa dele?

Barker empalideceu apertando suas fortes mãozorras.

– O senhor não tem o direito de fazer tais perguntas! – exclamou. – O que isso tem a ver com o assunto que está investigando?

– Devo insistir na pergunta.

– Bem, recuso-me a responder.

– Pode se recusar, porém esteja ciente de que sua atitude negativa é, ela mesma, uma resposta, pois não se recusaria se não tivesse algo a esconder.

Barker pensou por um instante, carrancudo, com as sobrancelhas franzidas, mas depois ergueu a cabeça, sorrindo.

– Muito bem, acho que os senhores estão realmente cumprindo com o dever, e não tenho o direito de atrapalhá-los. Apenas lhes peço que não aborreçam a Sra. Douglas com isso, pois ela já tem o suficiente para se preocupar. Devo lhes dizer que o pobre Douglas tinha apenas um defeito, que era o ciúme. Ele gostava de mim, nenhum homem poderia gostar mais de um amigo. E amava sua mulher. Adorava que eu viesse visitá-lo, e sempre mandava me buscar. Mesmo assim, se eu e ela conversássemos a sós, ou se mostrássemos alguma simpatia, o ciúme lhe assaltava. Ele perdia o controle e dizia as piores coisas naquele momento. Mais de uma vez dissera-lhe que não voltaria a visitá-lo por essa razão, quando então ele me escrevia cartas implorando perdão. Mas podem aceitar minha palavra, senhores, que nenhum homem já teve mulher mais amorosa e fiel, ou amigo mais leal que eu.

Barker falou com muito fervor e convicção, mas, mesmo assim, o inspetor MacDonald não pôde abandonar o assunto.

– O senhor está ciente – perguntou – que a aliança do falecido foi tirada de seu dedo?

– Parece que sim – respondeu Barker.

– O que você quer dizer com "parece". Sabe que é um fato!

O homem se mostrou confuso e indeciso.

– Quando digo "parece", quero dizer que me parece possível que ele mesmo a tenha tirado.

– O simples fato de a aliança ter desaparecido, quem quer que a tenha tirado, sugere que o casamento e a tragédia estão relacionados, o senhor não acha?

Barker encolheu os ombros largos.

– Não sei dizer o que isso sugere – respondeu. – Mas se o inspetor pensa que isso possa ter qualquer reflexo quanto à honra da Sra. Douglas... – seus olhos faiscaram por um instante e, com evidente esforço, Barker controlou suas emoções –, saiba que está na pista errada.

– Acho que isso é tudo que preciso lhe perguntar no momento – disse com frieza o inspetor MacDonald.

– Só mais uma coisa – observou Sherlock Holmes. – Quando você entrou na sala somente a vela, sobre a mesa, estava acesa, correto?

– É isso mesmo.

– Com a luz da vela o senhor viu que algo terrível acontecera?

– Exatamente.

– Imediatamente tocou a campainha, pedindo auxílio?

– Foi o que fiz.

– E a ajuda chegou rapidamente?

Em cerca de um minuto.

– E, quando chegaram, a vela estava apagada e a luminária acesa. Espantoso.

Novamente, Barker mostrou sinais de indecisão.

– Não acho que seja espantoso, Sr. Holmes – ele respondeu, depois de pensar. – A vela produzia uma luz muito fraca. Minha primeira ideia foi conseguir uma iluminação melhor. A luminária estava sobre a mesa, então eu a acendi.

– E apagou a vela?

– Exatamente.

Holmes não fez mais perguntas e Barker, percorrendo um por um de nós com seu olhar desafiador, virou-se e saiu da sala.

O inspetor MacDonald mandara dizer à Sra. Douglas que a interrogaria em seu quarto, mas ela respondeu que preferiria nos receber na sala de jantar. Ela entrou na sala; uma mulher alta e linda, na casa dos trinta anos, reservada e controlada, muito diferente da figura que eu imaginara, trágica e perturbada. É verdade que estava pálida e abatida, como se tivesse recebido um grande choque. No entanto, mostrava-se, de modo geral, controlada, e sua mão delicada, que apoiava na borda da mesa, estava tão firme quanto a minha. Seus olhos tristes e suplicantes questionavam os nossos com uma expressão curiosa. Aquele olhar indagador transformou-se rapidamente em pergunta.

– Já descobriram alguma coisa?

Será que imaginei perceber um tom de medo em vez de esperança em sua voz?

– Estamos investigando todas as possibilidades, Sra. Douglas – respondeu o inspetor. – Pode ficar descansada que nada será ignorado.

– Não poupem despesas – ela disse, num tom desanimado. – É meu desejo que todos os esforços sejam feitos.

– Talvez a senhora possa nos dizer algo que ajude nas investigações.

– Temo que não, mas tudo o que sei está à disposição.

– O Sr. Cecil Barker nos contou que a senhora não viu... não entrou na sala em que a tragédia aconteceu.

– Não... ele me fez voltar pelas escadas. Ele me implorou que voltasse ao quarto.

– Exatamente. A senhora ouviu o tiro e imediatamente desceu?

– Vesti meu roupão e depois desci.

– Quanto tempo se passou após ter ouvido o tiro e ser parada, na escada, pelo Sr. Barker?

– Uns poucos minutos. É difícil avaliar o tempo, num momento desses. Ele me implorou para não entrar. Garantiu que eu nada podia fazer. Então a Sra. Allen, a governanta, me levou de volta para o quarto. Tudo parecia um pesadelo.

– Sabe nos dizer por quanto tempo seu marido estava no térreo da casa antes de a senhora ouvir o tiro?

– Não sei dizer. Ele saiu do quarto de vestir sem que eu percebesse. Todas as noites ele percorria toda a casa, com medo de um incêndio. Que eu saiba, essa era a única coisa que ele temia.

– É exatamente aí que quero chegar, Sra. Douglas. Conheceu seu marido somente na Inglaterra, correto?

– Correto. Estávamos casados há cinco anos.

– A senhora o ouviu falar de algo que ocorreu na América e que poderia apresentar algum perigo para ele?

A Sra. Douglas pensou antes de responder.

– Sim – disse, finalmente –, sempre senti que algum perigo o ameaçava. Mas ele se recusava a discutir o assunto comigo. E não era por falta de confiança, pois nos amávamos e confiávamos plenamente um no outro. Era seu desejo, porém, evitar que eu me preocupasse.

Temia que, se soubesse de tudo, eu ficasse aflita. Assim, preferiu nada me contar.

– Como a senhora desconfiava desse perigo, então?

A Sra. Douglas se iluminou com um breve sorriso.

– Será que um marido pode carregar um segredo por toda a vida sem que a mulher que o ama suspeite? Desconfiei por vários motivos. Por sua recusa em falar de alguns fatos de sua vida na América, por certas precauções que ele tomava, por algumas palavras que ele deixava escapar, pelo modo como ele olhava para estranhos que apareciam inesperadamente. Eu sabia que meu marido devia ter inimigos poderosos, que ele acreditava estarem em seu encalço e contra os quais sempre procurou se prevenir. Eu ficava apavorada se ele demorasse mais do que o combinado para voltar a casa.

– Posso perguntar – disse Holmes – o que ele disse que lhe chamou a atenção para o perigo que corria?

– "O Vale do Terror" – ela respondeu. – Essa foi uma expressão que ele usou quando o questionei. "Estive no Vale do Terror e ainda não consegui sair." "Nunca sairemos do Vale do Terror?", eu lhe perguntava, quando o via mais sério que o normal. "Às vezes acho que não", foi o que respondeu.

– Com certeza a senhora lhe perguntou o que queria dizer com "Vale do Terror".

– Perguntei, mas ele fechou o rosto e balançou a cabeça. "É uma desgraça que um de nós tenha que viver esse pesadelo", ele respondeu. "Deus queira que você nunca tenha de passar por isso." Trata-se de um vale real, onde ele viveu parte de sua vida e algo de terrível lhe aconteceu. Disso tenho certeza, mas não sei dizer mais.

– Ele nunca mencionou nomes?

– Mencionou. Há três anos, após um acidente de caça, ele delirava de febre. Lembro-me de que um nome vinha-lhe constantemente aos lábios. McGinty era o nome, grão-mestre McGinty. Quando se recuperou, perguntei-lhe quem era o grão-mestre McGinty, e de que ele era mestre. "Graças a Deus, não foi meu mestre!", respondeu rindo, e foi tudo o que disse. Mas há uma relação entre o grão-mestre McGinty e o Vale do Terror.

– Há um outro ponto – disse o inspetor MacDonald. – A senhora conheceu o Sr. Douglas numa pensão em Londres e lá se tornaram noivos, correto? Houve algo romântico, secreto ou misterioso quanto ao casamento?

– Claro que foi romântico. Tinha que ser romântico. Mas não houve nada de misterioso.

– Ele tinha algum rival?

– Não. Eu era absolutamente descompromissada.

– A senhora soube, sem dúvida, que a aliança de seu marido foi retirada. Isso lhe sugere algo? Suponha que algum inimigo da época anterior ao casamento seguiu-o e cometeu o crime. Por que razão ele teria levado a aliança?

Eu poderia jurar que percebi um sorriso ligeiro relampejar nos lábios daquela mulher.

– Realmente não sei – ela respondeu. – É realmente algo estranho.

– Bem, não vamos detê-la por mais tempo, e lamentamos ter de perturbá-la num momento como este – disse o inspetor. – Existem outras perguntas, é claro, mas preferimos deixá-las para quando for necessário.

Ela se levantou e, novamente, pareceu-me que seu olhar fazia-nos uma pergunta: "Que impressão meu depoimento lhes causou?" Então, com uma reverência, ela saiu.

– É uma linda mulher, muito bonita, realmente – disse MacDonald, pensativo, após a porta ter se fechado atrás dela. – Esse Barker tem passado muito tempo por aqui. Ele é um sujeito que uma mulher pode achar atraente. E admitiu que o falecido era ciumento. Talvez ele saiba melhor que ninguém qual era o motivo de tanto ciúme. E esse negócio da aliança. Não se pode ignorar isso. Alguém que tira a aliança de um morto... O que acha disso, Holmes?

Meu amigo estava sentado, apoiando a cabeça nas mãos, perdido em pensamentos profundos. Então ele se levantou e tocou a campainha.

– Ames – disse ele, quando o mordomo entrou. – Onde está o Sr. Cecil Barker?

– Vou verificar, senhor.

Um momento depois, ele voltou para dizer que o Sr. Barker estava no jardim.

– Você se lembra, Ames, o que o Sr. Barker calçava na noite anterior, quando o encontrou no escritório?

– Sim, Sr. Holmes. Estava de chinelos. Eu lhe trouxe os sapatos quando ele saiu para ir à polícia.

– Onde estão os chinelos, neste momento?

– Sob uma cadeira, no hall.

– Muito bem, Ames. É muito importante, para nós, distinguirmos as pegadas do Sr. Barker das de pessoas de fora da casa.

– Sim, senhor. Devo dizer que notei que seus chinelos estavam sujos de sangue. Como também estavam os meus.

– Isso é bastante natural, considerando-se as condições da sala. Muito bem, Ames. Chamaremos se for necessário.

Minutos depois estávamos no escritório. Holmes pegara os chinelos no hall e os trouxera consigo. Como Ames informara, as solas estavam sujas de sangue.

– Estranho! – murmurou Holmes, enquanto os examinava minuciosamente à luz da janela. – Realmente muito estranho!

Com um de seus movimentos ágeis, ele colocou um chinelo sobre a marca de sangue no parapeito. Correspondiam perfeitamente. Holmes sorriu silenciosamente para seus colegas.

O inspetor estava transfigurado de agitação. Seu sotaque escocês parecia uma baqueta tamborilando numa balaustrada de ferro.

– Rapaz! – exclamou. – Não há dúvida. O próprio Barker deixou essas marcas na janela. É uma pegada muito mais larga que a de um sapato. Lembro-me de que você disse se tratar de um pé chato, e aqui está a explicação. Mas, que brincadeira é essa, Holmes?

– Sim... que brincadeira é essa? – repetiu meu amigo, pensativo.

White Mason riu e esfregou suas mãos gordas, com satisfação profissional.

– Eu disse que era um quebra-cabeças! – exclamou. – E que quebra-cabeças.

Capítulo VI

Um Raio de Luz

Os TRÊS detetives tinham muito o que discutir sobre os detalhes do caso. Assim, voltei às nossas modestas acomodações na estalagem da vila. Antes, contudo, fui passear pelo estranho jardim que flanqueava a casa. Fileiras de teixos antiquíssimos, podados de maneira esquisita, rodeavam-no. Em seu interior havia um belíssimo gramado, com um velho relógio de sol no meio. O efeito que esse jardim produzia era algo calmante, o que era bem-vindo a meus nervos um pouco abalados. Nesse ambiente de paz profunda, podia-se esquecer, ou lembrar-se apenas como um simples pesadelo, do escritório sombrio com aquele cadáver despedaçado esparramado no chão. E, enquanto eu passeava procurando acalmar minha alma naquele bálsamo suave, um incidente trouxe-me de volta à tragédia, deixando-me com uma impressão sinistra.

Já disse que o jardim era rodeado por teixos. Na extremidade mais afastada da casa, eles se juntavam formando uma cerca contínua. Do outro lado dessa cerca, fora da vista de quem quer que se aproximasse da casa, havia um banco de pedra. Ao me aproximar, ouvi vozes, uma, grave, de homem, acompanhada de risinhos femininos. Logo depois, cheguei ao fim da cerca, e meus olhos se depararam com a Sra. Douglas e o tal Barker antes que eles me vissem. A aparência da mulher me chocou. Na sala de jantar ela estava reservada e discreta. Agora, toda a simulação de pesar sumira. Seus olhos brilhavam de alegria, enquanto ria de algum comentário feito pelo acompanhante. Ele estava inclinado para a frente, com as mãos juntas e os cotovelos apoiados nas pernas; no rosto, um amplo sorriso. Assim que me viram – só que tarde demais –, recolocaram suas máscaras solenes. Trocaram palavras preocupadas e Barker se levantou para falar comigo.

– Com licença, senhor – ele disse –, mas estou falando com o Dr. Watson?

Curvei-me com uma frieza que demonstrava, espero, a impressão que os dois produziram em mim.

– Pensamos que realmente era o senhor, já que sua amizade com o Sr. Sherlock Holmes é bastante conhecida. Importa-se em trocar uma palavrinha com a Sra. Douglas?

Segui-o de cara fechada. A imagem daquela figura estraçalhada no chão do escritório ainda estava nítida na minha memória. E aqui, algumas horas depois da tragédia, a mulher do morto e seu melhor amigo riam sentados no jardim que lhe pertencera. Cumprimentei a mulher reservadamente. Compartilhara sua dor na sala de jantar. Agora, contudo, respondia-lhe ao olhar suplicante com olhos implacáveis.

– Temo que o senhor me ache insensível e sem coração? – ela perguntou.

Dei de ombros.

– Isso não me diz respeito – respondi.

– Talvez, algum dia, o senhor me compreenda. Se o senhor compreendesse...

– Não há o que o Dr. Watson deva compreender – interrompeu Barker. – Como ele mesmo disse, o assunto não lhe diz respeito.

– Exatamente – concluí. – Agora peço licença para continuar meu passeio.

– Um momento, Dr. Watson – exclamou a mulher, suplicante. – Há algo que o senhor pode responder com mais autoridade que qualquer outra pessoa no mundo, e que tem muita importância para mim. O senhor conhece o Sr. Holmes e suas relações com a polícia melhor do que ninguém. Supondo que algo seja lhe dito em segredo, será que necessariamente ele informaria à polícia?

– Sim, é isso – disse Barker, ansioso –, ele trabalha por sua conta ou está totalmente com a polícia?

– Francamente, não acho que possa discutir tal ponto.

– Peço-lhe... imploro-lhe que o faça, Dr. Watson. Garanto-lhe que estará nos ajudando... ajudando-me enormemente se nos orientar nesse ponto.

Havia algo de tão sincero na voz da Sra. Douglas que me esqueci de sua leviandade e me senti movido a atender-lhe.

– O Sr. Holmes é um investigador independente – eu disse. – Não presta contas a ninguém e age somente de acordo com seu julgamento pessoal. Por outro lado, ele é leal aos policiais com quem está trabalhando no mesmo caso, e não esconderia nada deles que pudesse ajudá-los a levar o criminoso à justiça. Além disso, não posso lhe dizer nada, e seria melhor que a senhora falasse com o próprio Sr. Holmes se quiser outras informações.

Dito isso, despedi-me erguendo o chapéu e continuei minha caminhada, deixando-os ocultos pela cerca de teixos. Olhei para trás ao chegar na outra extremidade. Eles continuavam a conversar e, como ainda olhavam para mim, ficou claro que o diálogo que tiveram comigo era o tema do debate.

– Não quero nenhum dos segredinhos deles – disse Holmes, quando lhe contei o que acontecera. Ele passara a tarde toda na mansão, confabulando com seus dois colegas, e retornara por volta das cinco horas, com bastante apetite para o chá que eu pedira. – Sem confidências, Watson, porque elas se tornam embaraçosas quando resultam em prisão por conspiração e assassinato.

– Acha que chegará a tanto?

Holmes estava em seu melhor estado de espírito.

– Meu caro Watson, após devorar este quarto ovo colocarei você a par de toda a situação. Não digo que já a resolvemos, longe disso, mas quando acharmos o haltere desaparecido...

– O haltere!

– Caro Watson, será que você não percebeu que o caso depende do haltere desaparecido? Bem, bem, não fique chateado, pois, cá entre nós, acho que nem o inspetor Mac nem aquele excelente detetive local perceberam a extrema importância do haltere. Um haltere, Watson! Pense num atleta com somente um haltere. Pense no desenvolvimento físico desigual, no perigo iminente para a coluna. É chocante, Watson! Chocante!

Ele estava com a boca cheia de torrada e os olhos brilhando de malícia, divertindo-se com minha confusão mental. Seu excelente apetite era uma garantia de sucesso, pois eu me lembrava dos dias e noites sem qualquer alimentação, quando sua mente se envolvia na solução de algum intrincado problema, enquanto suas feições magras se atenuavam ainda mais com a falta de apetite produzida pela completa concentração mental. Afinal, ele acendeu o cachimbo e, sentado próximo à lareira da estalagem, começou a falar calma e aleatoriamente sobre o caso, mais como se pensasse em voz alta do que se estivesse exprimindo uma teoria elaborada.

– Uma mentira, Watson. Uma mentira enorme, total, mal pensada e desastrada. É isso que encontramos desde o princípio. Toda a história contada por Barker é uma mentira. Mas ela é corroborada pela Sra. Douglas. Portanto, ela também está mentindo. Os dois mentem de comum acordo. Isso nos coloca um problema claro: por que estão mentindo? E qual é a verdade que querem esconder? Vamos tentar, Watson, você e eu, reconstruir a verdade e derrubar a mentira.

"Como eu sei que estão mentindo? Porque se trata de uma invenção desastrada que *não pode* ser verdade. Pense bem! De acordo com a história que nos foi contada, o assassino teve menos de um minuto, após praticar o crime, para tirar do cadáver a aliança, que estava sob outro anel, recolocá-lo – algo que jamais faria –, e deixar aquele cartão ao lado do corpo. Digo que isso seria obviamente impossível. Você poderia argumentar, Watson – embora eu respeite muito sua inteligência para supor que o faria –, que a aliança foi tirada antes de o assassinato ser cometido. O fato de que a vela esteve acesa por um curto período indica que os homens não conversaram muito. Será que Douglas, um homem de cujo caráter destemido todos nos falaram, entregaria tão prontamente sua aliança de casamento? Não, Watson, o assassino esteve a sós com o morto durante algum tempo com a luminária acesa. Tenho certeza disso. Mas o tiro de escopeta foi, aparentemente, a causa da morte. Portanto, a arma deve ter sido disparada algum tempo antes do que nos contaram. Mas não poderia haver engano quanto a esse aspecto. Assim, estamos diante de uma conspiração urdida pelas duas pessoas que ouviram o disparo: Barker e a Sra. Douglas. Ainda por cima, consegui demonstrar que a marca de sangue no parapeito da janela foi feita deliberadamente por Barker para confundir a polícia. Há de concordar que esse homem surge como suspeito.

"Agora, devemos nos perguntar a que horas o crime realmente ocorreu. Até as dez e meia, os criados andavam pela casa. Portanto, não foi antes desse horário. Às quinze para as onze, todos haviam se recolhido, com exceção de Ames, que estava na despensa. Esta tarde, depois que você nos deixou, fiz alguns testes. Não houve ruído que MacDonald fizesse no estúdio que pudesse penetrar na despensa com todas as portas do corredor fechadas. Contudo, a situação é diferente no quarto da governanta. Não é tão longe e, de lá, pude ouvir vagamente uma voz quando MacDonald gritou no escritório. O som de uma escopeta é abafado quando o disparo é à queima-roupa, como foi nesse caso. Não seria muito alto, mas, certamente, seria ouvido no quarto da Sra. Allen. Ela é, conforme declarou, um pouco surda. Apesar disso, declarou ter ouvido algo como uma porta se batendo meia hora antes de o alarme ser dado. Isso seria às quinze para as onze. Tenho certeza de que o que ela ouviu foi o disparo da escopeta e que essa foi a verdadeira hora do crime. Sendo assim, precisamos determinar o que o Sr. Barker e a Sra. Douglas, presumindo-se que não sejam os assassinos, andaram fazendo das quinze para as onze, quando o disparo atraiu-os para o escritório, até as onze e quinze, quando tocaram a campainha chamando os criados. O que estavam fazendo, e por que não deram o alarme instantaneamente? Essa é a pergunta com que nos deparamos, e, quando a respondermos, teremos percorrido um bom caminho na resolução do caso."

– Pessoalmente estou convencido – eu disse – de que há algum conluio entre esses dois. Ela deve ser uma criatura sem coração para estar rindo, sabe-se lá de que bobagem, algumas horas após o assassinato do marido.

– Exatamente. Ela não parece uma verdadeira esposa, nem quando fala do que aconteceu. Não sou um admirador incondicional das mulheres, como você sabe, Watson. Mas a vida me ensinou que poucas esposas que se importem um mínimo com seus maridos deixariam que as palavras de um amigo as impedissem de ver o corpo do falecido esposo. Se um dia me casar, Watson, espero inspirar minha mulher com algum sentimento que faça com que ela não se deixe levar por uma governanta quando meu cadáver estiver estendido a uns poucos metros. Foi uma farsa mal encenada, essa, pois até o pior detetive ficaria surpreso pela falta do tradicional choro feminino. Se não houvesse nada mais, esse fato apenas já me sugeriria uma trama premeditada.

– Você pensa, então, que Barker e a Sra. Douglas são culpados pelo assassinato?

– Suas questões são terrivelmente cruas, Watson – gracejou Holmes, apontando seu cachimbo para mim. – Elas me atingem como balas. Se você perguntar se a Sra. Douglas e o Barker sabem a verdade a respeito do crime e conspiram para escondê-la, então posso dar-lhe uma resposta definitiva. Tenho certeza de que eles sabem. Mas sua suposição mais aterradora ainda não está clara. Vamos considerar, por um momento, as dificuldades que essa teoria coloca.

"Vamos supor que esse casal esteja unido pelos laços de um amor proibido, e que estavam determinados a se livrar do homem que se interpunha entre eles. É uma suposição muito vaga, pois discreta investigação entre os criados e outras pessoas não a corrobora. Pelo contrário, há evidências de que os Douglas eram muito ligados um ao outro."

– Disso não posso ter certeza – eu disse, lembrando-me do lindo rosto sorridente no jardim.

– Bem, pelo menos o casal dava essa impressão. Contudo, suponhamos que Barker e a Sra. Douglas são extraordinariamente astutos, que enganaram a todos até aqui e tramaram a morte do Sr. Douglas. Acontece que ele é um homem sobre cuja cabeça paira uma ameaça...

– Só temos a palavra dos dois suspeitos quanto a isso.

Holmes pareceu pensativo.

– Entendo, Watson. Você está esboçando uma teoria segundo a qual tudo o que eles disseram, desde o princípio, é falso. De acordo com a sua hipótese, nunca houve qualquer ameaça, nem sociedade secreta nem Vale do Terror ou chefe MacFulano. Bem, essa é uma generalização muito abrangente. Vamos ver o que isso nos coloca. Os dois inventaram essa teoria para encobrir o crime. Eles elaboram essa ideia deixando aquela bicicleta escondida nos arbustos como prova da existência de um estranho. A mancha no parapeito dá a mesma ideia. Assim como o cartão no corpo, que pode ter sido preparado na própria casa. Tudo isso se encaixa na sua hipótese, Watson. Mas agora vêm as partes difíceis, que não casam. Por que uma escopeta serrada, entre todas as armas, e uma americana, ainda? Como poderiam estar certos de que o estampido não atrairia alguém até eles? Foi por acaso que a Sra. Allen não saiu de seu quarto para verificar a tal "porta batendo"? Por que seu casal assassino fez tudo isso, Watson?

– Confesso que não sei explicar.

– E mais: se uma mulher e seu amante conspiram para matar o marido dela, por que vão anunciar sua culpa ostentosamente sumindo com a aliança de casamento após o crime? Isso lhe parece provável, Watson?

– Não, não parece.

– Ainda tem mais: se realmente lhe ocorreu a ideia de esconder uma bicicleta nos arbustos, não seria natural que até o mais tolo dos detetives visse que se trata de uma pista falsa, posto que a bicicleta seria a primeira coisa de que o criminoso necessitaria para fugir?

– Não consigo pensar numa explicação.

– Entretanto, não pode existir uma série de eventos para a qual a inteligência humana não encontre explicação. Somente como exercício mental, sem qualquer afirmação de que seja verdadeira, deixe-me sugerir uma linha de raciocínio. Trata-se, admito, de mero exercício de imaginação, mas, frequentemente, não é a imaginação a mãe da verdade?

"Suponhamos", continuou Holmes, "que efetivamente houvesse um segredo, algo realmente vergonhoso, na vida desse homem, Douglas. Isso fez com que ele fosse assassinado por alguém que, vamos supor, é um vingador, um estranho. Esse vingador, por alguma razão que confesso ainda não poder explicar, levou a aliança de casamento do morto. A vingança pode ser relativa ao primeiro casamento desse homem e a aliança roubada, também. Antes que esse vingador conseguisse fugir, Barker e a Sra. Douglas chegam à sala. O assassino os convence de que qualquer tentativa de prendê-lo provocaria a divulgação de um escândalo terrível. Eles aceitam essa ideia e preferem deixá-lo ir. Para tanto eles baixam a ponte, o que pode ser feito silenciosamente, e a erguem novamente. O matador foge e, por alguma razão, acredita estar mais seguro a pé do que de bicicleta. Portanto, ele deixa seu veículo num local que só seria descoberto quando já estivesse longe. Até aqui estamos dentro das fronteiras da normalidade, concorda?"

– Bem, não há dúvida de que isso seria possível – eu disse, com alguma reserva.

– Temos que lembrar, Watson, que, seja lá o que aconteceu, foi algo de extraordinário. Bem, continuando nossa suposição, o casal, não necessariamente culpado, percebe que o assassino se foi deixando-os numa posição complicada, na qual poderá ser difícil provar que não foram eles mesmos que cometeram ou tramaram o assassinato. Então, rápida e desajeitadamente, eles montam uma farsa. A marca de sangue foi colocada por Barker no parapeito para sugerir como o fugitivo escapou. Evidentemente, foram só eles que ouviram o disparo e, assim, deram o alarme da forma como era de se esperar, só que meia hora mais tarde.

– E como você espera provar tudo isso?

– Bem, se realmente há um estranho envolvido, ele poderá ser descoberto e preso. Essa seria a prova mais efetiva. Mas, caso contrário... bem, os recursos da ciência estão longe de se esgotarem. Acho que uma noite sozinho naquele escritório muito me ajudaria.

– Uma noite sozinho!

– Estou pronto a ir agora mesmo para lá. Já combinei tudo com o prestativo Ames, que não morre de amores por esse Barker. Ficarei naquela sala para ver se a atmosfera me inspira. Acredito no *genius loci* [1], Você ri, meu amigo, mas veremos. A propósito, trouxe aquele seu enorme guarda-chuva?

– Trouxe, sim.

– Bem, vou precisar dele, se puder me emprestar.

– Claro que sim, mas que arma ridícula! Se pode haver perigo...

– Fique tranquilo, caro Watson. Se houvesse perigo pediria sua ajuda. Mas vou levar o guarda-chuva. No momento, estou apenas aguardando a volta de nossos colegas de Tunbridge Wells, onde estão tentando descobrir o dono da bicicleta.

---

[1] *Genius loci:* a atmosfera geral de um local.

Já estava anoitecendo quando o inspetor MacDonald e White Mason voltaram de sua expedição. E chegaram exultantes, relatando um grande avanço na investigação.

– Homem, admito que tive minhas dúvidas quanto ao assassino ser alguém de fora – disse MacDonald. – Mas agora não. A bicicleta foi identificada e temos uma descrição do sujeito, o que é um grande passo à frente.

– Parece o começo do fim – disse Holmes. – Parabenizo os dois de todo o coração.

– Bem, comecei com o fato de que o Sr. Douglas parecia nervoso desde o dia anterior, quando estivera em Tunbridge Wells. Foi lá, portanto, que ele tomou consciência de algum perigo. Estava claro, portanto, que, se o criminoso chegou de bicicleta, foi de Tunbridge Wells que ele veio. Levamos a bicicleta até lá e a mostramos em alguns hotéis. Foi identificada imediatamente pelo gerente do Eagle Commercial como pertencente a um homem chamado Hargrave, que se hospedara há dois dias. A bicicleta e uma maleta eram suas únicas posses. Registrou-se como procedente de Londres, mas não forneceu endereço. A maleta foi fabricada em Londres e seu conteúdo era britânico, mas com certeza o homem é americano.

– Bem, bem – disse Holmes alegremente –, vocês fizeram um trabalho e tanto enquanto eu fiquei elucubrando teorias com meu amigo. Sua praticidade é uma lição, Mac.

– É isso mesmo, Holmes – disse o inspetor, satisfeito.

– Mas tudo isso se encaixa na sua teoria – eu disse.

– Talvez sim, talvez não. Mas, conte-nos tudo, Mac. Não havia nada para identificar esse homem?

– Tão pouco que, evidentemente, ele se protegeu cuidadosamente para evitar sua identificação. Não havia documentos, cartas ou marcas nas roupas. Um mapa do condado estava sobre a mesa do quarto. Ele saiu do hotel ontem pela manhã, após o café da manhã, e não ouviram mais falar dele até aparecermos.

– Isso é o que me intriga, Sr. Holmes – disse White Mason. – Se o sujeito não quisesse chamar atenção para si, o mais lógico seria que voltasse para o hotel e lá permanecesse como um turista inofensivo. Da forma como fez, saberia que o gerente do hotel relataria seu desaparecimento à polícia, que poderia ligá-lo com o crime.

– Seria o normal de se imaginar. De qualquer forma, o criminoso tem mostrado que sua astúcia é singular, pois até agora não foi capturado. E quanto à sua descrição...

MacDonald olhou em seu caderninho.

– Isto é o que conseguimos; eles não prestaram muita atenção no sujeito, mas o porteiro, o recepcionista e a camareira concordam que esta descrição cobre o principal: cerca de um metro e oitenta de altura, por volta de cinquenta anos, cabelo e bigode grisalhos, nariz aquilino e uma expressão que todos descreveram como violenta e antipática.

– Ora, a não ser pela expressão, essa poderia ser a descrição do próprio Sr. Douglas – disse Holmes. – Ele também tinha cinquenta anos, cabelo e bigode grisalhos e a mesma altura. Conseguiu algo mais?

– Vestia terno com jaquetão cinza, sobretudo curto amarelo e um boné.

– E quanto à escopeta?

– Tem cerca de meio metro de comprimento. Devia estar escondida na maleta. Ele poderia carregá-la dentro do sobretudo sem dificuldade.

– Como você acha que tudo isso ajudará a solucionar o caso?

– Bem, Holmes – disse MacDonald –, quando pegarmos nosso homem, e pode estar certo de que telegrafei essa descrição para vários distritos cinco minutos após ouvi-la, estaremos aptos a avaliar. Mas, mesmo agora, parece que já avançamos bastante. Sabemos que um americano que disse se chamar Hargrave chegou a Tunbridge Wells há dois dias com uma bicicleta e uma maleta. Nesta ele trazia uma escopeta, o que demonstra a premeditação do crime. Ontem pela manhã ele foi, em sua bicicleta, até a Mansão de Birlstone com a arma escondida no sobretudo. Ninguém o viu chegar, até onde sabemos, e também ele não precisava atravessar a vila para chegar aos portões do parque, além de haver sempre muitos ciclistas na estrada. Provavelmente ele escondeu sua bicicleta nos arbustos, onde foi encontrada, e ele mesmo se escondeu lá, observando a casa e esperando o Sr. Douglas sair. A escopeta é uma arma estranha para ser usada dentro de casa, mas ele planejava usá-la do lado de fora, onde tem vantagens óbvias, pois seria impossível errar o tiro com ela, e o ruído do disparo não chamaria a atenção, por ser comum numa região de caça.

– Tudo está tão claro! – disse Holmes.

– Bem, o Sr. Douglas não apareceu. O que ele fez em seguida? Deixou a bicicleta e se aproximou da casa ao anoitecer. Encontrou a ponte baixada e ninguém por perto. Arriscou-se, pronto a inventar uma desculpa se encontrasse alguém. Entretanto, ninguém o viu. Ele se escondeu na primeira sala que viu e refugiou-se atrás da cortina. De lá pôde ver a ponte ser erguida, o que o fez saber que a única rota de escape seria através do fosso. Esperou até as quinze para as onze, quando o Sr. Douglas, fazendo sua ronda noturna usual, entrou no escritório. O assassino matou-o e fugiu. Estava ciente de que a bicicleta seria descrita pelos funcionários do hotel e que poderia ser uma pista contra ele, de modo que a abandonou e fugiu, de alguma forma, para Londres ou outro esconderijo que já arrumara anteriormente. Que tal, Holmes?

– Bem, Mac, é uma teoria boa e clara até aqui. Essa é a sua versão da história. A minha é que o crime foi cometido meia hora antes do que nos informaram; que a Sra. Douglas e o Sr. Barker conspiram para esconder algo; que eles ajudaram o criminoso a escapar, ou, pelo menos, que chegaram ao escritório antes que ele saísse; eles, também, fabricaram evidências de sua fuga pela janela, enquanto, na verdade, baixaram a ponte levadiça para que o criminoso escapasse. Assim é como eu vejo o caso.

Os dois policiais balançaram a cabeça.

– Bem, Holmes, se isso é verdade, nós saímos de um mistério para cair em outro – disse o inspetor MacDonald.

– E, de certa forma, outro pior – acrescentou White Mason. – A senhora nunca esteve na América. Qual seria sua ligação com um assassino americano que a fizesse acobertá-lo?

– Admito que há dificuldades – disse Holmes. – Por isso, quero fazer algumas investigações por minha conta, esta noite. É possível que isso contribua para nossa causa.

– Podemos ajudá-lo, Sr. Holmes?

– Não, não! Escuridão e o guarda-chuva do Dr. Watson; é tudo o que preciso. E Ames, o bom e velho Ames, sem dúvida, vai me dar uma mãozinha. Todas as minhas linhas de raciocínio levam-me de volta a uma questão básica: por que um homem atlético exercitaria seu corpo da forma tão pouco natural que é usar apenas um haltere?

Holmes retornou tarde da noite de sua excursão solitária. Dormíamos no mesmo quarto, que foi o melhor que aquela estalagem de interior pôde nos arrumar. Eu já dormia, e fui acordado por sua entrada.

– Bem, Holmes – murmurei –, descobriu algo?

Ele permaneceu de pé, ao lado da cama, em silêncio, de vela na mão. Então, inclinou o corpo magro e alto em minha direção.

– Diga-me, Watson – ele sussurrou –, você tem medo de dormir no mesmo quarto que um lunático, um homem com degeneração do cérebro, um idiota cuja mente perdeu o rumo?

– Na verdade, não – respondi, atônito.

– Ah, isso é bom – ele disse e não pronunciou mais nenhuma palavra naquela noite.

Capítulo VII

A Solução

Na manhã seguinte, após o café, encontramos o inspetor MacDonald e White Mason conversando sentados na saleta do sargento de polícia local. Na mesa à sua frente estava uma pilha de cartas e telegramas, que cuidadosamente separavam e classificavam. Três haviam sido separados.

– Ainda na pista daquele ciclista fujão? – perguntou Holmes, alegremente. – Quais são as últimas notícias desse rufião?

MacDonald apontou, desanimado, para a montanha de correspondência.

– Ele já foi visto em Leicester, Nottingham, Southampton, Derby, East Ham, Richmond e catorze outras localidades. Em três delas, East Ham, Leicester e Liverpool, as evidências eram tão fortes contra ele que efetivamente o prenderam. O país está repleto de fugitivos com sobretudos amarelos.

– Bom Deus! – Holmes procurou mostrar simpatia. – Agora, Mac, e você, White Mason, quero lhes dar um conselhinho honesto. Quando aceitei investigar este caso com vocês eu coloquei a condição, como sem dúvida se lembram, de que eu não lhes apresentaria teorias sem provas, mas que as guardaria para mim até que eu estivesse satisfeito e minhas ideias corretas. Por esse motivo, não vou lhes dizer o que tenho em mente. Por outro lado, disse também que jogaria limpo com vocês, e não acho que seja justo deixar-lhes desperdiçar energia nessa tarefa inútil. Portanto, vim até aqui esta manhã para aconselhá-los, e meu conselho resume-se a três palavras: abandonem esse caso.

MacDonald e White Mason olharam espantados para Holmes.

– Você o considera sem solução? – indagou o inspetor.

– Considero sem solução o *seu* caso. Mas não acho impossível chegar à verdade.

– Mas, e o ciclista? Ele não é uma invenção. Temos sua descrição, sua maleta, a bicicleta. O sujeito tem de estar em algum lugar. Por que não podemos pegá-lo?

– Sim, sim... sem dúvida ele está em algum lugar e com certeza iremos pegá-lo, mas não desperdicem seu tempo em East Ham ou Liverpool. Estou certo de que encontraremos um atalho para a solução.

– Você está ocultando informações. Não é justo de sua parte, Holmes – o inspetor estava aborrecido.

– Você conhece meu método de trabalho, Mac. Vou guardar o que sei pelo menor tempo possível. Só quero verificar os detalhes, o que pode ser feito rapidamente, e então voltarei a Londres, deixando os resultados à sua disposição. Devo-lhe muito para fazer qualquer coisa diferente disso, pois, em toda a minha experiência, não me lembro de caso mais interessante.

– Não sei de mais nada, Holmes. Falamo-nos ontem, quando retornamos à noite de Tunbridge Wells, e você concordava conosco de modo geral. O que aconteceu desde então para mudar totalmente seu ponto de vista?

– Bem, já que pergunta, passei algumas horas na mansão, na noite passada... como disse que faria.

– E o que aconteceu?

– Ah! No momento, só posso lhe dar uma resposta genérica quanto a isso. A propósito, estive lendo uma brochura interessante, concisa e clara sobre a velha edificação, disponível pela modesta soma de um pêni na tabacaria da vila – Holmes tirou do bolso do casaco um livreto, em cuja capa havia uma gravura tosca da Mansão de Birlstone. – Ajuda imensamente, o sucesso de uma investigação, estar numa situação de empatia consciente com a atmosfera histórica da cena do crime. Não fique tão impaciente, pois até uma narrativa breve como esta pode formar um quadro do passado em nossa mente. Permita que eu lhe forneça um exemplar. "Erigida no quinto ano do reinado de Jaime I, erguendo-se sobre as fundações de edifício bem mais antigo, a Mansão de Birlstone é um dos melhores exemplos das residências jacobitas circundadas por fosso que sobrevivem..."

– Está nos fazendo de bobos, Holmes.

– Ora, ora, Mac! O primeiro sinal de raiva que vejo em você. Bem, vou dar-lhe um desconto, já que está tão envolvido no caso. Contudo, quando eu lhe contar que há um relato sobre a tomada do local por um coronel do Parlamento em 1644, do esconderijo de Carlos por vários dias durante a Guerra Civil e, finalmente, a visita feita pelo segundo Jorge, você há de admitir que vários fatos importantes aconteceram nessa casa antiga.

– Não duvido disso, Holmes, mas não é problema nosso.

– Não é? Será que não? Visão ampla, meu caro Mac, é um dos

requisitos essenciais em nossa profissão. O entrelaçamento de ideias e o uso de variados conhecimentos podem ser extraordinariamente valiosos. Perdoe essas observações de alguém que, embora não seja um policial, é mais velho e talvez mais experiente que você.

– Sou o primeiro a admitir isso – disse sinceramente o inspetor. – Você atinge seus objetivos, reconheço, mas faz sempre uma volta dos diabos.

– Bem, bem, deixemos a história antiga e passemos aos fatos atuais. Como já disse, na noite passada fui até a mansão. Não vi o Sr. Barker nem a Sra. Douglas. Não havia necessidade de incomodá-los, mas fiquei satisfeito ao saber que a senhora não estava deprimida nem perdera o apetite, pois jantara muito bem. Minha visita foi feita, na verdade, ao bom Sr. Ames, com quem troquei amenidades que culminaram na sua permissão para que eu ficasse, sem que ninguém soubesse, sozinho no escritório durante algum tempo.

– O quê?! – exclamei. – Sozinho com o cadáver?

– Não, não. Tudo lá já foi limpo. Você deu permissão para tanto, Mac, conforme fiquei sabendo. A sala estava em ordem e lá passei quinze minutos muito instrutivos.

– O que você fez?

– Bem, para não fazer mistério de algo tão simples, estive procurando o haltere desaparecido. Ele sempre teve um peso muito grande na minha teoria sobre o caso. Terminei por encontrá-lo.

– Onde?

– Ah! Chegamos à borda do inexplorado. Deixem-me prosseguir mais um pouco, só um pouquinho, e prometo compartilhar com vocês tudo o que sei.

– Parece que estamos obrigados a aceitar seus termos – disse o inspetor. – Mas quanto a abandonarmos o caso... Por que, em nome de Deus, devemos fazer isso?

– Pela simples razão, meu caro Mac, que vocês não têm a menor ideia do que estão investigando.

– Estamos investigando o assassinato de John Douglas, da Mansão de Birlstone!

– Sim, sim, vocês estão. Entretanto, não se preocupem em localizar o misterioso cavalheiro da bicicleta. Garanto-lhes que isso não vai ajudar.

– Então, o que nos sugere?

– Vou lhes dizer exatamente o que fazer, se quiserem colaborar.

– Devo dizer que sempre descubro que, por trás de seus métodos esquisitos, você está sempre certo. Farei o que pedir.

– E você, White Mason?

O detetive do interior olhou, desanimado, de um para outro. Holmes e seus métodos eram novidade para ele.

– Ora, se está bem assim para o inspetor, está bem para mim – respondeu, finalmente.

– Muito bem! – disse Holmes. – Então, recomendo aos dois um belo e alegre passeio pelo campo. Disseram-me que, das colinas de Birlstone tem-se uma vista magnífica da floresta. O almoço pode ser bem agradável em alguma hospedaria local, embora minha ignorância sobre a região não me permita fazer recomendações. À noite, cansados mas felizes...

– Homem, isso já está passando do sério! – exclamou MacDonald, levantando-se bravo de sua cadeira.

– Ora, ora, passem o dia como quiserem – disse Holmes, batendo-lhes amigavelmente no ombro. – Façam o que quiserem e vão onde bem entenderem, mas encontrem-se comigo aqui antes de escurecer... sem falta, Mac.

– Isso parece mais sensato.

– Só lhes dei ótimos conselhos, mas não insistirei, apenas estejam aqui na hora combinada. Antes de partirmos, porém, quero que escreva um bilhete ao Sr. Barker.

– Sim?

– Vou ditá-lo, se quiser. Pronto?

"CARO SENHOR, julgamos ser nosso dever esvaziar o fosso, pois esperamos encontrar..."

– Isso é impossível! – disse o inspetor. – Já investiguei essa possibilidade.

– Ora, ora, caro senhor! Faça, por favor, o que lhe peço.

– Bem, continue.

"...esperamos encontrar alguma evidência que nos ajude nas investigações. Tomei providências para que os trabalhadores cheguem amanhã cedo e desviem o riacho..."

– Impossível!

"...desviem o riacho, de modo que achei melhor avisá-lo antecipadamente."

– Agora assine e entregue em mãos às quatro horas, que é o horário em que vamos nos encontrar nesta sala. Até lá cada um de nós pode fazer o que quiser, pois garanto que a investigação está suspensa.

A noite caía quando nos reunimos novamente. Holmes estava sério e eu, curioso; os detetives entre aborrecidos e desconfiados.

– Bem, cavalheiros – disse meu amigo, com seriedade. – Esta é a hora em que serei totalmente posto à prova. Julguem vocês mesmos se as observações que fiz justificam as conclusões a que cheguei.

A noite está fria e não sei quanto tempo nossa expedição irá durar. Peço-lhes, portanto, que vistam seus casacos mais quentes. É de extrema importância que estejamos posicionados antes que escureça totalmente. Assim, com sua permissão, vamos partir imediatamente.

Passamos pelos limites externos do parque da mansão e chegamos a um local em que havia uma fenda na cerca. Passamos através dela e, na escuridão crescente, acompanhamos Holmes até chegarmos a uma moita de arbustos quase em frente à porta principal e à ponte levadiça. Esta ainda não havia sido erguida. Holmes agachou-se atrás dos ramos e todos o imitamos.

– E agora, o que fazemos? – perguntou MacDonald, com certa rispidez.

– Vamos nos armar de paciência e fazer o mínimo de barulho – respondeu Holmes.

– Afinal, por que estamos aqui? Acho realmente que você deveria nos tratar com mais confiança.

Holmes riu.

– Watson insiste que eu sou o dramaturgo da vida real – disse. – Certa inclinação artística vibra dentro de mim e exige, sempre, uma encenação bem montada. Nossa profissão, Mac, seria um tanto insossa se, às vezes, não nos permitíssemos armar o espetáculo de modo a glorificar nossos resultados. A acusação grosseira, o tapa brutal no ombro; o que se pode dizer dessa falta de elegância? Mas a dedução rápida, a cilada sutil, a previsão inteligente do que vai acontecer, o triunfo de teorias ousadas; não é isso tudo que nos recompensa e nos faz orgulhosos deste trabalho? Neste momento vivemos a emoção provocada pelo charme da situação e pela ansiedade do caçador. Onde estaria essa emoção se eu fosse frio e burocrático como o horário dos trens? Só lhe peço um pouco de paciência, Mac, e tudo se esclarecerá.

– Bem, espero que o orgulho, o charme e tudo o mais cheguem antes que morramos de frio – disse o detetive londrino, comicamente resignado.

Todos tínhamos boa razão para nos unir ao seu desejo, pois nossa vigília foi longa e difícil. Aos poucos, a noite foi se fechando sobre a face sombria da enorme residência. O vapor úmido que emanava do fosso resfriou-nos até os ossos, fazendo com que batêssemos os dentes. Acesos, havia apenas uma lâmpada sobre a entrada e um globo de luz no escritório fatídico. Tudo o mais permanecia imóvel no escuro.

– Quanto isto vai demorar? – perguntou o inspetor, de repente. – E o que estamos observando?

– Não sei melhor do que você quanto isto vai demorar – respondeu Holmes, com certa aspereza. – Se os criminosos agendassem seus movimentos como as estradas de ferro, certamente nosso trabalho seria mais fácil. Quanto ao que estamos observando... bem, é *aquilo*, que estamos observando!

Enquanto ele falava, a luz amarela e brilhante do escritório foi momentaneamente eclipsada por alguém que passava à sua frente. Os arbustos em que estávamos escondidos ficavam exatamente à frente da janela, a menos de cem metros de distância. A janela foi aberta, com um ranger das dobradiças, e podíamos ver, vagamente, o perfil escuro de cabeça e ombros de um homem perscrutando a escuridão. Durante alguns minutos, ele observou a frente da casa, numa forma furtiva e dissimulada, querendo se certificar de que ninguém o observava. Então ele se inclinou para a frente e ouvimos, em meio ao silêncio geral, o barulho de água sendo agitada. Parecia que ele agitava o fosso com algo que tinha nas mãos. Repentinamente, ele pegou algo como um pescador pega o peixe – um objeto grande e redondo, que ocultou a luz ao passar pela abertura da janela.

– Agora! – exclamou Holmes. – Agora!

Nós todos levantamos e andamos com dificuldade atrás dele, com as pernas enrijecidas, enquanto Holmes, num de seus acessos de energia que faziam dele, nesses momentos, o homem mais ativo e forte que conheço, correu rapidamente pela ponte e tocou violentamente a campainha. Ouvimos os ferrolhos se movimentando do lado de dentro e logo surgiu, na entrada, um estupefato Ames. Holmes colocou-o de lado com uma palavra e correu para a sala onde estava o homem que observávamos.

Uma luminária a óleo, que estivera sobre a mesa, produzia o brilho que víamos de fora. Ela estava, naquele momento, na mão de Cecil Barker, que a voltou na nossa direção assim que entramos. A luz brilhou em seu rosto forte e decidido, enquanto seus olhos ameaçadores faiscavam.

– Que diabos significa isso tudo? – ele gritou. – O que vocês querem, afinal?

Holmes deu uma rápida olhada ao redor e atirou-se sobre um embrulho que jazia, amarrado, sob a escrivaninha.

– Isto é o que queremos, Sr. Barker. Este embrulho, lastreado por um haltere, que o senhor acabou de tirar do fundo do fosso.

Barker encarou Holmes absolutamente espantado.

– Como é que sabe do embrulho?

– Simplesmente porque eu o coloquei lá.

– Colocou lá! O senhor!

– Talvez eu deva dizer que "recoloquei lá" – disse Holmes. – Você se lembra, inspetor MacDonald, que a ausência de um haltere me incomodava. Chamei sua atenção para o fato, mas a pressão de outros eventos não lhe deu tempo para considerar algo que teria lhe permitido tirar algumas deduções. Com água por perto e um peso desaparecido, não é ir longe demais supor que algo foi escondido dentro d' água. Valia a pena testar essa suposição. Assim, com a ajuda de Ames, que me deixou entrar ontem, e do guarda-chuva do Dr. Watson, ontem à noite pesquei e examinei este embrulho. Era de vital importância, contudo, que pudéssemos provar quem o colocou ali. Foi o que fizemos com o truque de anunciar o esvaziamento do fosso para amanhã. Isso teria o efeito, é claro, de fazer com que a pessoa que tivesse escondido o pacote tentasse retirá-lo quando a escuridão o permitisse. Temos quatro testemunhas sobre quem aproveitou a oportunidade. Assim, Sr. Barker, creio que, agora, a palavra é sua.

Sherlock Holmes pôs o pacote molhado sobre a mesa, ao lado da luminária, e retirou o cordão que o amarrava. De dentro, ele retirou um haltere, que colocou no chão ao lado de seu par. Depois, extraiu um par de botas.

– Americanas, como podem ver – observou, apontando para elas. Em seguida, colocou sobre a mesa uma faca comprida e mortífera. Finalmente, retirou algumas roupas, que consistiam num jogo completo de roupas de baixo, meias, terno cinza de tweed e um sobretudo amarelo.

– As roupas são comuns – observou Holmes –, mas o sobretudo está repleto de indícios. Ele o examinou próximo à luz, enquanto seus dedos ágeis procuravam detalhes. – Aqui, como podem perceber, está o bolso interno, prolongado de forma que possa conter a escopeta serrada. A etiqueta do alfaiate está no pescoço: Neale, Artigos de Vestuário, Vermissa, U.S.A. Passei uma tarde instrutiva na biblioteca do pároco e ampliei meus conhecimentos ao descobrir que Vermissa é uma próspera cidadezinha na entrada de um dos mais conhecidos vales produtores de carvão e ferro dos Estados Unidos. Lembro-me bem, Sr. Barker, do que disse sobre a primeira mulher do Sr. Douglas, associando-a aos distritos de carvão. Não seria ir longe demais inferir que as letras "V.V." no cartão achado ao lado do corpo são as iniciais de Vale Vermissa, que, da forma como envia assassinos pelo mundo, seja o próprio Vale do Terror de que ouvimos falar. E agora, Sr. Barker, parece que estou atrapalhando sua explicação.

Foi um espetáculo observar o rosto expressivo de Cecil Barker durante a narrativa do grande detetive. Raiva, espanto, consternação e indecisão trocaram de lugar. Finalmente, ele buscou refúgio numa ácida ironia.

– É tão sabido, Sr. Holmes, que talvez seja melhor o senhor mesmo nos contar mais – zombou.

– Não tenha dúvida de que posso relatar muito mais, Sr. Barker. Seria mais agradável, entretanto, ouvi-lo falar.

– Ah, acha mesmo? Tudo o que posso dizer é que, se há algum segredo aqui, não é meu segredo. Portanto, não serei eu a revelá-lo.

– Se prefere desse modo, Sr. Barker – disse calmamente o inspetor MacDonald –, vamos ficar de olho no senhor até conseguirmos um mandado de prisão.

– Podem fazer o diabo que quiserem – respondeu Barker, desafiador.

A discussão parecia ter chegado a um beco sem saída, no que coubesse a Cecil Barker, pois bastava olhar aquele rosto de granito para perceber que nada conseguiria forçá-lo a ir contra sua vontade. O impasse foi superado por uma voz feminina. A Sra. Douglas, que estivera ouvindo pela porta entreaberta, entrou na sala.

– Já fez o suficiente por nós, Cecil – ela disse. – O que quer que aconteça no futuro, já fez o suficiente.

– Suficiente e mais que suficiente – disse Holmes, sério. – Compreendo totalmente a senhora, madame, e rogo-lhe que deposite sua confiança nas nossas leis e coloque-se nas mãos da polícia. Pode ser que eu mesmo seja culpado por não aceitar a oferta que me fez por intermédio de meu amigo, o Dr. Watson, mas na ocasião eu tinha motivos para acreditar que a senhora estava diretamente ligada ao crime. Agora estou certo de que isso não é verdade. Ao mesmo tempo, resta muita coisa para ser explicada. Portanto, recomendo enfaticamente que peça ao *Sr. Douglas* para contar-nos sua história.

A Sra. Douglas soltou um grito de espanto ao ouvir as últimas palavras de Holmes. Eu e os outros detetives provavelmente lhe fizemos eco, quando percebemos um homem que parecia emergir da parede e que avançava do canto escuro em que surgira. A Sra. Douglas se virou e logo o homem a abraçava. Barker apertou sua mão estendida.

– Assim é melhor, Jack – sua esposa repetia. – Estou certa de que assim é melhor.

– Também penso assim, Sr. Douglas – disse Sherlock Holmes.

O homem ficou piscando na nossa direção, como faz quem sai da escuridão para a luz. Era um rosto impressionante: olhos audazes e cinzentos, bigodes fortes, curtos e grisalhos, queixo quadrado e saliente e boca alegre. Observou-nos durante um bom tempo e depois, para minha surpresa, veio até mim e me entregou um maço de folhas.

– Já ouvi falar do senhor – ele disse, num sotaque que não era americano nem inglês, mas, de forma geral, era agradável e suave. – O senhor é o historiador da turma. Bem, Dr. Watson, nunca antes passou por suas mãos uma história como esta, e aposto até meu último dólar nisso. Os fatos são esses. Conte-os à sua moda e verá que há de agradar ao público. Estive encarcerado nas últimas quarenta e oito horas, e passei os dias, se é que se pode falar em dias naquela ratoeira, escrevendo sobre a minha vida. O senhor gostará da história, e seu público também. É a história do Vale do Terror.

– Esse é o passado, Sr. Douglas – disse Sherlock Holmes, calmamente. – Gostaríamos de ouvi-lo contar sua história atual.

– É o que farei – disse Douglas. – Posso fumar enquanto falo? Bem, obrigado, Sr. Holmes. O senhor mesmo é um fumante e pode imaginar o que é ficar dois dias com o tabaco no bolso temendo que o cheiro poderia revelar o esconderijo.

Ele se recostou na moldura da lareira e aspirou o charuto que Holmes lhe entregara.

– Já ouvi falar do senhor, Holmes – continuou Douglas. – Porém, nunca imaginei que iria conhecê-lo. Mas, após ler isso – apontou para os papéis em meu poder –, verá que lhe trouxe algo de novo.

O inspetor MacDonald estivera olhando, pasmo, para o recém-chegado.

– Bem, isso é demais para mim! – exclamou, afinal. – Se o senhor é John Douglas, da Mansão de Birlstone, então de quem é a morte que estamos investigando há dois dias, e de onde foi que o senhor surgiu? Parece que saltou do chão como essas caixas-surpresa!

– Ah, Mac – disse Holmes, balançando o indicador –, você não quis ler aquele livreto sobre o esconderijo do rei Carlos. Naquele tempo, as pessoas se escondiam em locais seguros. E um bom esconderijo pode ser usado novamente. Eu estava convencido de que encontraríamos o Sr. Douglas sob este teto.

– E há quanto tempo tem nos feito de tolos, Sr. Holmes? – perguntou, furioso, o inspetor. – Quanto tempo permitiu que desperdiçássemos procurando algo que você sabia ser absurdo?

– Nem um minuto, meu caro Mac. Apenas na noite passada formulei, definitivamente, minha teoria sobre o caso. E como ela não podia ser posta à prova até esta noite, sugeri que vocês tirassem o dia de folga. Ora, que mais eu podia fazer? Quando descobri as roupas no fundo do fosso, na mesma hora pensei que o corpo encontrado não podia ser do Sr. John Douglas, mas sim do ciclista de

Tunbridge Wells. Nenhuma outra conclusão era possível. Portanto, precisava descobrir onde o Sr. Douglas estava. A probabilidade era que, com a conivência de sua mulher e do amigo, ele estivesse escondido na casa, que é aparelhada para esconder fugitivos, e que aqui esperasse as coisas se acalmarem, quando poderia, finalmente, pôr-se definitivamente a salvo.

– Bem, o senhor chegou à conclusão correta – disse o Sr. Douglas, concordando. – Eu pensei em evitar as leis inglesas, pois não estava certo de que elas me seriam favoráveis. Mas vi também, nesta oportunidade, uma chance de tirar aqueles cães de caça do meu pé. Vejam bem, do princípio ao fim, nada fiz de que pudesse me envergonhar e que não faria de novo. Mas vocês mesmos irão julgar minha história. E não precisa me lembrar, inspetor, pois direi somente a verdade.

"Não vou começar do início, pois essa parte está toda aí", ele indicou o maço de papéis. "Uma história esquisita, como vocês vão ver. O resumo é: existe um grupo de homens que têm boas razões para me odiar e que gastariam até o último dólar para acabarem comigo. Enquanto eu e eles estivermos vivos, não estarei seguro no mundo. Caçaram-me de Chicago à Califórnia e me expulsaram da América. Mas, quando me casei e me estabeleci neste lugar sossegado, pensei que meus últimos anos de vida seriam tranquilos. Nunca expliquei esse assunto para minha mulher. Por que envolvê-la nisso? Ela nunca mais teria um momento de paz e estaria sempre imaginando problemas. Acredito que ela soubesse de algo, pois deixei escapar alguma coisa aqui e ali, mas até ontem, quando os senhores a interrogaram, ela não sabia nada com certeza, e realmente lhes contou tudo o que sabia. Como o Barker, aliás, pois na noite em que a morte ocorreu houve pouquíssimo tempo para explicações. Agora minha esposa sabe de tudo, e teria sido mais sábio, da minha parte, ter lhe contado antes. Mas, querida, era um assunto difícil", ele pegou sua mão, "e aquela me pareceu a melhor forma."

"Bem, senhores", Douglas continuou sua história, "no dia anterior ao acontecimento, eu estava em Tunbridge Wells quando vi, de relance, um homem na rua. Mas tenho boa memória para rostos e logo tinha certeza de quem se tratava. Era o pior inimigo que eu tinha entre eles, um sujeito que me perseguia como um lobo faminto atrás de uma ovelha. Eu soube que problemas estavam se aproximando e, quando voltei pra casa, me preparei para enfrentá-los. Decidi vencer mais essa parada sozinho. Houve uma época em que todos os Estados Unidos comentavam minha boa sorte. Nunca duvidei de que ela ainda estivesse comigo."

"Durante o dia seguinte inteiro fiquei de guarda, sem sair para o jardim. O que foi acertado, pois, do contrário, ele teria me descarregado aquela escopeta antes que eu pudesse fazer qualquer coisa. Depois que a ponte foi erguida – sempre ficava mais tranquilo, à noite, quando subiam a ponte –, eu sosseguei. Nunca imaginei que ele entraria na casa para me tocaiar. Mas, quando fui fazer minha ronda, já de roupão, pressenti o perigo ao entrar no escritório. Acho que, quando um homem já passou por muitos perigos na vida – e eu já passei por mais do que muitos –, ele desenvolve um sexto sentido que funciona como um alarme. O perigo estava claro para mim, e mesmo assim não sei dizer como. Em seguida, vi a botina sob a cortina, o que concretizou a ameaça.

"Eu estava somente com uma vela na mão, mas a luz que vinha do corredor, pela porta, era suficiente. Eu coloquei a vela sobre a mesa e pulei para pegar um martelo que deixara na lareira. No instante seguinte, ele saltou sobre mim. Vi o brilho de uma faca e golpeei-o com o martelo. Acertei-lhe em algum lugar, pois a faca caiu no chão. Rápido como um peixe, ele rodeou a mesa e pegou a escopeta de dentro do casaco. Ouvi-o engatilhar a arma, mas segurei-a antes que ele pudesse disparar. Agarrei no cano e lutamos por ela durante um minuto ou mais. Aquele que a deixasse escapar estaria morto. Ele não a deixou escapar, mas permitiu que a coronha ficasse muito tempo para baixo. Não sei se fui eu que puxei o gatilho, ou se puxamos juntos. De qualquer forma, ele levou a descarga dos dois canos no rosto, e eu fiquei lá, olhando para o que restava de Ted Baldwin. Eu o reconheci quando o vi em Tunbridge Wells e novamente quando pulou em mim, mas, como estava, nem sua mãe o reconheceria. Já vi muita dor e sofrimento, porém a visão de sua cabeça destroçada me fez enjoar.

"Estava apoiado na ponta da mesa quando o Barker chegou correndo. Ouvi minha esposa se aproximando, mas corri para a porta e a impedi de entrar. Aquilo não era visão para uma mulher. Prometi que logo falaria com ela. Troquei duas ou três palavras com Barker, que entendeu tudo num piscar de olhos, e esperamos que os criados aparecessem. Mas não havia o menor sinal deles. Então percebemos que eles nada ouviram, e que só nós sabíamos do que ocorrera.

"Foi naquele instante que a ideia me ocorreu, e fiquei fascinado por sua ousadia. A manga de Baldwin estava erguida e eu podia ver a marca da Loja em seu antebraço. Vejam isto..."

O homem que conhecíamos como Douglas arregaçou sua manga para mostrar um triângulo marrom com um círculo exatamente igual ao que víramos no cadáver.

– Foi quando vi a marca em seu braço que a ideia me veio. Tudo parecia tão perfeito. Sua altura, o cabelo, o físico, tudo muito parecido comigo. E seu rosto não existia mais, pobre diabo! Eu peguei uma muda de roupa e, em quinze minutos, eu e Barker colocamos meu roupão nele, deixando-o como os senhores o encontraram. Fizemos um embrulho com suas coisas e usamos como lastro o único peso que me pareceu apropriado. Jogamos esse pacote pela janela. O cartão que ele trouxera para deixar no meu corpo já estava caído ao lado do seu. Colocamos meus anéis em seus dedos, mas, quando chegou a hora da aliança... – ele mostrou sua mão forte –, os senhores percebem que não poderia tirá-la. Nunca fiquei sem ela, desde o dia em que me casei, e teria sido necessário uma lima para arrancá-la. Não sei se teria conseguido me separar dela, mas mesmo que quisesse não conseguiria. Assim, deixamos esse detalhe para lá, para vermos o que aconteceria. Por outro lado, trouxe um pedaço de esparadrapo e o colei no mesmo lugar em que estou usando um agora. Deixou escapar essa, Sr. Holmes, pois, esperto como é, se tirasse aquele esparadrapo veria que não existia corte embaixo dele.

"Bem, foi isso que aconteceu. Se eu conseguisse me manter escondido durante algum tempo, depois escaparia para encontrar minha mulher. Teríamos, então, a chance de viver em paz até o fim dos nossos dias. Aqueles demônios não descansariam até me verem morto, mas, se lessem nos jornais que Baldwin conseguira acabar comigo, isso seria o fim dos meus problemas. Não tive muito tempo para explicar tudo a Barker e à minha esposa, mas eles compreenderam o suficiente para me ajudar. Eu já sabia do esconderijo, e também Ames, no entanto nunca lhe ocorreu relacioná-lo ao que aconteceu. Então me escondi e deixei o resto com Barker.

"E vocês já sabem o que ele fez. Abriu a janela e fez a marca de sangue no parapeito, para indicar como o assassino escapara. Era arriscado, mas, como a ponte estava erguida, não havia outro jeito. Depois, quando tudo estava arrumado, ele deu o alarme. O que aconteceu em seguida os senhores já sabem. Assim, cavalheiros, façam o que acharem melhor, e saibam que lhes contei a verdade e somente a verdade, que Deus me ajude. Podem me dizer, agora, como fico diante da lei inglesa?"

Houve um silêncio, que foi quebrado por Sherlock Holmes.

– A lei inglesa é, de modo geral, justa. Não será tratado com mais rigor do que merece. Entretanto, preciso perguntar-lhe como esse homem sabia que o senhor morava aqui, ou como entrar na casa, ou, ainda, onde se esconder para pegá-lo?

– Não tenho a menor ideia.

O rosto de Holmes estava muito pálido e sério.

– Temo que essa história ainda não terminou – ele disse. – O senhor pode ter de se defrontar com perigos muito maiores do que a lei inglesa ou do que seus inimigos americanos. Enfrentará problemas, ainda, Sr. Douglas. Aceite meu conselho e mantenha-se em guarda.

Agora, pacientes leitores, peço-lhes que venham comigo por algum tempo, para longe da Mansão de Birlstone, em Sussex, e longe também do ano em que soubemos da estranha história do homem que conhecemos como John Douglas. Precisamos voltar vinte anos no tempo e viajar milhares de quilômetros a oeste, onde ocorreu uma história única e aterrorizante. Tão única e aterrorizante que lhes será difícil acreditar nela da forma como a conto. Não pensem que estou começando uma história antes de terminar a primeira. Conforme leem, perceberão que não é assim. E, quando eu terminar a narrativa e vocês tiverem resolvido os mistérios do passado, vamos nos encontrar novamente naquele apartamento na rua Baker, onde esta história termina, assim como sempre ocorreu com tantas outras aventuras extraordinárias.

Parte II

Os Vingadores

Capítulo I

O Homem

Era o dia quatro de fevereiro do ano de 1875. O inverno fora severo, e a neve se acumulava nos desfiladeiros das Montanhas Gilmerton. Os trilhos da estrada de ferro foram, contudo, mantidos abertos. Assim, o trem noturno que ligava os povoados de mineiros de carvão e ferro subia vagarosamente as encostas íngremes que conduzem de Stagville, na planície, até Vermissa, a cidade mais importante da região, situada na entrada do Vale Vermissa. A partir desse ponto, a ferrovia ziguezagueia até a Encruzilhada de Barton, Helmdale e ao condado essencialmente agrícola de Merton. Era uma ferrovia de linha única, mas, em cada ramal, e havia muitos, enfileiravam-se vagões empilhados com carvão e minério de ferro, que revelavam a riqueza oculta que trouxera uma população rude e uma vida agitada ao canto mais desolado dos Estados Unidos da América.

Realmente desolado. O primeiro pioneiro a atravessá-lo não poderia imaginar que as mais férteis pradarias e as mais gordas pastagens não tinham valor, se comparadas com essa terra sombria, de penhascos negros e floresta emaranhada. Acima dos bosques escuros e muitas vezes impenetráveis que os ladeavam, os cumes das montanhas, cobertos de neve ou mostrando a rocha, elevavam-se dos dois flancos, formando um vale comprido e sinuoso no centro. Era por essa região que o trenzinho se arrastava.

As luminárias a óleo haviam sido acesas há pouco, no primeiro vagão de passageiros; um carro grande e simples, no qual vinte ou trinta pessoas iam sentadas. A maioria era de trabalhadores voltando de um dia de esforços na parte baixa do vale. Pelo menos uma dúzia deles eram mineiros, o que se evidenciava pelos rostos sujos e pelas lanternas de segurança que levavam. Sentavam-se em grupo, conversando baixo, olhando de vez em quando para os dois homens em frente, que vestiam uniformes e distintivos, o que os identificava como policiais. Diversas mulheres trabalhadoras e dois ou três viajantes, que podiam ser comerciantes locais, eram os outros passageiros. A única exceção era o jovem sentado sozinho. É esse homem que nos interessa. Vamos dar uma boa olhada nele, que vale a pena.

É um rapaz de compleição forte, de estatura média, não muito longe, pode-se adivinhar, de seus trinta anos. Possui grandes olhos cinzentos, astutos e irônicos, que brilham interrogativamente de tempos em tempos, quando ele olha através de seus óculos para as pessoas ao seu redor. É fácil perceber que ele é sociável e simples. Qualquer um poderia imaginá-lo gregário em seus hábitos e comunicativo por natureza, com inteligência viva e sorriso fácil. Mas quem o estudasse com mais atenção notaria a firmeza do queixo e a tensão nos lábios, que avisam sobre características mais profundas e que, possivelmente, esse jovem irlandês deixará sua marca, para o bem ou para o mal, em qualquer comunidade onde viver.

Após algumas tentativas de comunicação com o mineiro mais próximo, e tendo recebido apenas resmungos como respostas, o viajante resignou-se ao silêncio, olhando melancolicamente pela janela para a paisagem que escurecia com a noite. Não era uma visão animadora. Através da escuridão crescente, pulsava o brilho vermelho das fornalhas dos dois lados das colinas. Montes de detritos e de resíduos de carvão flanqueavam o trem, encimados pelas torres de escavação. Grupos de casebres de madeira, cujas janelas começavam a se iluminar, estendiam-se ao longo da ferrovia. Seus habitantes enegrecidos amontoavam-se nos frequentes pontos de parada. Nos vales de ferro e carvão do distrito de Vermissa não se encontravam pessoas em busca de cultura ou lazer. Em toda parte se viam sinais claros da brutal luta pela vida, de um trabalho penoso e dos trabalhadores fortes e rudes que o executavam.

O jovem viajante olhava para aquela paisagem desanimadora com uma expressão mista de interesse e repulsa, o que demonstrava que a cena era nova para ele. De vez em quando, ele tirava do bolso uma carta volumosa, que consultava, e em cujas margens rabiscava anotações. Certa vez, tirou da cintura algo que não se esperaria encontrar com um homem aparentemente tão correto: um revólver da Marinha, do maior calibre existente. Quando a luz brilhou sobre ele, podia-se ver o brilho de cobre dos cartuchos, dentro do tambor, mostrando que estava totalmente carregado. Rapidamente, voltou a ocultá-lo na parte de trás do cinto, mas não antes que um trabalhador percebesse e viesse se sentar perto dele.

– Olá, amigo – disse ele. – Parece estar pronto para agir.

O jovem sorriu, parecendo embaraçado.

– É – respondeu –, de onde venho às vezes precisamos disto.

– E onde é isso?

– Venho de Chicago.
– Novo por aqui?
– Sou.
– Pode ser que precise dele por aqui, também.
– É mesmo? – o jovem pareceu se interessar.
– Não ouviu falar do que acontece aqui?
– Nada demais.
– Ora, pensei que todo o país soubesse. Mas logo você vai saber. O que o traz aqui?
– Ouvi dizer que tem emprego para quem quer trabalhar.
– Você pertence ao sindicato?
– Claro.
– Então vai conseguir trabalho, eu acho. Tem amigos por aqui?
– Não, mas tenho como fazê-los.
– E como é isso?
– Sou da Antiga Ordem dos Homens Livres. Não há cidade que não tenha uma Loja, e onde há uma Loja sei que lá estão meus amigos.

Essa observação teve um efeito curioso no seu companheiro. Ele olhou em volta suspeitosamente para todos os outros no vagão. Os mineiros ainda conversavam em voz baixa. Os dois policiais tiravam uma soneca. Ele se aproximou do jovem viajante e lhe estendeu a mão.

– Toque aqui – disse, e trocaram um aperto de mãos. – Vejo que fala a verdade, mas preciso verificar.

Ele ergueu a mão direita até a têmpora direita. O jovem ergueu, imediatamente, a mão esquerda à têmpora esquerda.

– Noites escuras são desagradáveis – disse o trabalhador.
– Sim, para estrangeiros viajarem – o jovem respondeu.
– Assim está bem. Sou o irmão Scanlan, Loja 341, Vale Vermissa. Prazer em vê-lo nesta região.
– Obrigado. Sou o irmão John McMurdo, Loja 29, Chicago. Grão-mestre J. H. Scott. Tenho sorte de encontrar um irmão tão cedo.
– Bem, há muitos de nós por aqui. Em nenhum outro lugar dos Estados Unidos você verá a Ordem tão próspera como aqui, no Vale Vermissa. Mas precisamos de jovens como você. Não consigo entender um homem vigoroso e pertencente ao sindicato sem encontrar trabalho em Chicago.
– Trabalho eu encontrei bastante – disse McMurdo.
– E por que saiu de lá?

McMurdo olhou para os policiais e sorriu.

– Acho que esses dois gostariam de saber – respondeu.

– Problemas, é? – perguntou num sussurro.

– Muitos.

– Caso de cadeia e tudo?

– E tudo o mais.

– Assassinato?

– Ainda é cedo para falarmos disso – disse McMurdo, com ar de surpresa por ter falado mais do que pretendia. – Tive bons motivos para sair de Chicago, e isso tem de bastar para você por enquanto. Quem pensa que é para perguntar detalhes sobre isso?

Seus olhos cinzentos faiscaram uma raiva perigosa por trás dos óculos.

– Tudo bem, amigo. Perguntar não ofende. Os irmãos não vão fazer má ideia de você, não importa o que tenha feito. Até onde está indo?

– Vermissa.

– É a terceira parada. Já tem onde ficar?

McMurdo pegou um envelope e segurou-o perto da luminária.

– Este é o endereço: Jacob Shafter, rua Sheridan. É uma pensão que me foi recomendada em Chicago.

– Não conheço, mas Vermissa é fora do meu caminho. Moro em Hobson's Patch, que é onde vamos parar agora. Mas deixe-me dar-lhe um conselho: se um dia se meter em encrencas em Vermissa, vá imediatamente à sede do sindicato e procure o chefe McGinty. Ele é o grão-mestre da Loja de Vermissa, e nada acontece por aqui a menos que Black Jack McGinty deseje. Até mais, irmão. Quem sabe nos encontramos na loja, uma dessas noites. Mas lembre-se do que eu disse: se estiver encrencado, procure o chefe McGinty.

Scanlan desceu e McMurdo ficou novamente sozinho com seus pensamentos. Anoitecera totalmente e as chamas das frequentes fornalhas rugiam e tremiam na escuridão. Contra esse fundo vibrante, silhuetas escuras se abaixavam e retorciam, de acordo com o ritmo dos guindastes.

– Acho que o inferno deve ser assim – disse uma voz.

McMurdo se virou e viu um dos policiais, que mudara de posição no assento e observava o espetáculo flamejante.

– Quanto a isso – comentou o outro policial –, acredito que o inferno deve ser parecido com algo assim. Se é que lá embaixo podem existir demônios piores do que alguns que conhecemos. Acho que você é novo por aqui, rapaz...

– E daí se eu for? – perguntou McMurdo, com voz desafiadora.

– Apenas isso, amigo: devo aconselhá-lo a ser cuidadoso na escolha de seus amigos, e começar com Mike Scanlan e sua turma não é bom para você.

– O que, com os diabos, você tem a ver com os meus amigos? – rugiu McMurdo, numa voz que fez todas as cabeças no vagão se voltarem para eles. – Por acaso pedi seu conselho, ou será que me acha tão imbecil que não posso me virar sozinho? Fale quando lhe dirigirem a palavra e, por Deus, se depender de mim você vai ficar mudo!

McMurdo avançou o rosto para a frente, arreganhando os dentes para os patrulheiros como um cão raivoso.

Os dois policiais, fortes mas bonachões, ficaram pasmos com a veemência com que sua tentativa de aconselhar o estranho fora rechaçada.

– Não queríamos ofender, estranho – disse um deles. – Foi um aviso para seu próprio bem. Afinal, vimos que você é novo por aqui.

– Sou novo na região mas conheço os da sua laia – gritou McMurdo, enraivecido. – Vocês são todos iguais, em qualquer lugar, soltando esses conselhos que ninguém pediu.

– Acho que vamos nos reencontrar em breve – disse um dos patrulheiros, sorrindo. – Você é do tipo encrenqueiro, pelo que me parece.

– Eu estava pensando a mesma coisa – concordou o outro policial. – Vamos nos rever em breve.

– Não achem que tenho medo de vocês! – gritou McMurdo. – Meu nome é Jack McMurdo, ouviram? Se quiserem podem me achar na pensão de Jacob Shafter, na rua Sheridan, em Vermissa. Não parece que estou me escondendo, parece? De dia ou de noite encaro tipos como vocês dois. Não se enganem quanto a isso.

Houve um murmúrio de simpatia e admiração por parte dos mineiros pela atitude destemida do jovem viajante. Os dois policiais deram de ombros e retomaram a conversa entre eles. Alguns minutos depois, o trem parou numa estação mal-iluminada, onde quase todos os passageiros desceram, pois Vermissa era, de longe, a maior cidade da linha. McMurdo pegou sua sacola de couro e estava para desembarcar na escuridão quando um dos mineiros se aproximou.

– Por Deus, amigo, você sabe como falar com a polícia – ele disse, admirado. – Valeu a pena ouvi-lo. Deixe que eu carrego sua sacola e lhe mostro o caminho. A pensão do Shafter fica no meu caminho.

Houve um coro de "boa noite" dos outros mineiros enquanto passavam pela plataforma. McMurdo já se tornara um mito em Vermissa antes mesmo de colocar os pés na cidade.

Toda aquela região era horrorosa, mas a cidade era, à sua maneira, ainda mais deprimente. O extenso vale tinha certa grandiosidade tétrica nas fornalhas imensas e nas nuvens de fumaça, ao mesmo tempo que a força do homem se mostrava nas montanhas de entulhos que empilhara com suas escavações monstruosas. A cidade, porém, apresentava, em toda ela, um nível geral de feiura e sujeira. A avenida fora transformada, pelo tráfego, numa pasta repugnante de neve e lama. As calçadas eram estreitas e desiguais. Os numerosos lampiões a gás serviam apenas para revelar uma série de casas de madeira, com suas varandas sujas e malcuidadas de frente para a rua. Ao se aproximarem do centro, o panorama se alegrava com as lojas bem-iluminadas e ainda mais onde havia um aglomerado de casas noturnas e bares, onde os mineiros esbanjavam os salários suados mas generosos.

– Esta é a sede do sindicato – disse o guia, apontando para um bar, que quase chegava ao nível de hotel. – Jack McGinty é o chefe.

– Que tipo de homem ele é? – perguntou McMurdo.

– O quê? Nunca ouviu falar do chefe?

– Como poderia ouvir falar nele se sou novo na região?

– Bem, pensei que seu nome fosse conhecido em todo o sindicato. Pelo menos, aparece bastante nos jornais.

– Por quê?

– Bem... – o mineiro abaixou a voz –, por causa daqueles negócios.

– Que negócios?

– Meu Deus, amigo, você está por fora mesmo, se me permite dizer. Você só vai ouvir falar de uma coisa por estas bandas: os Vingadores.

– Ora, parece que li qualquer coisa sobre os Vingadores em Chicago. Um bando de assassinos, não é?

– Fique quieto, se tem amor à sua vida! – exclamou o mineiro, parando alarmado e olhando incrédulo para seu acompanhante. – Amigo, não vai viver muito nesta região se falar abertamente na rua, assim. Muitos homens já foram espancados até a morte por menos que isso.

– Bem, não sei nada sobre o que fazem. Só li alguma coisa.

– E não digo que tenha lido mentiras – o homem olhou nervosamente em redor enquanto falava, observando as sombras como se temesse algum perigo oculto. – Se matar é assassinato, Deus sabe quantos assassinatos ocorrem por aqui. Mas não ouse mencionar o nome de Jack McGinty relacionado a eles, amigo, pois ele fica sabendo de todos os suspiros e resmungos e não deixa passar nada. Agora, esta é a casa que está procurando, um pouco afastada da rua.

Verá que o velho Jacob Shafter é um dos homens mais honestos desta cidade.

– Obrigado – disse McMurdo, apertando a mão de seu novo amigo, pegando, em seguida, sua sacola e se dirigindo à pensão, em cuja porta bateu com vigor. Esta se abriu imediatamente por alguém muito diferente do que ele esperava.

Era uma mulher, jovem e especialmente linda. Parecia ser sueca; loira, com seus cabelos dourados fazendo belíssimo contraste com os maravilhosos olhos escuros. Estes observavam o estranho com surpresa e simpático acanhamento, que produziu um tom corado no rosto claro. Emoldurada pela luz brilhante da porta aberta, era, para McMurdo, a mais bela visão que já tivera, ainda mais pelo contraste com os arredores tenebrosos e sórdidos. Uma flor maravilhosa, que surgisse entre as montanhas de entulho das minas, não causaria maior espanto. Tão estupefato ele ficou, olhando-a fixamente em silêncio, que foi a moça quem rompeu o silêncio.

– Pensei que era meu pai – ela disse, com um leve e agradável sotaque sueco. – Você veio procurá-lo? Foi até o centro, mas deve chegar a qualquer momento.

McMurdo continuou a olhá-la com franca admiração, até que a moça baixou os olhos diante do altivo visitante.

– Não, moça – ele disse, afinal –, não tenho pressa em vê-lo. Mas sua casa me foi recomendada como pensão. Pensei que seria bom ficar aqui, mas agora tenho certeza.

– Você é rápido para tomar decisões – ela disse sorrindo.

– Qualquer um que não seja cego faria o mesmo – ele respondeu.

A moça riu do elogio.

– Entre, senhor – ela disse. – Sou Ettie Shafter, filha do Sr. Shafter. Minha mãe faleceu e eu cuido da casa. Espere meu pai na sala da frente, perto da lareira. Ah, aí está ele. Agora o senhor pode tratar com ele.

Um senhor idoso e grande avançava lentamente pelo caminho da entrada. Em poucas palavras McMurdo explicou a que viera. Um tal de Murphy dera-lhe o endereço em Chicago. Murphy, por sua vez, obtivera-o de outra pessoa. O velho Shafter logo o aceitou. McMurdo não discutiu as condições, concordando prontamente e aparentando estar com bastante dinheiro. Por doze dólares a semana, pagos adiantados, ele teria cama e comida. Foi assim que McMurdo, o confesso fugitivo da justiça, passou a morar sob o teto dos Shafters, no primeiro passo de uma série de eventos que culminariam numa terra distante.

Capítulo II

O Chefe

McMurdo causava sempre uma forte impressão. Onde quer que estivesse, logo todos o conheciam. Em uma semana ele se tornara a pessoa mais importante na pensão de Shafter. Havia cerca de uma dúzia de hóspedes lá, que eram capatazes honestos ou comerciantes das lojas locais, mas muito diferentes do jovem irlandês. À noite, quando se reuniam, suas piadas eram as mais engraçadas, suas histórias as mais inteligentes e suas músicas as mais belas. Ele era um bom companheiro por natureza, com um magnetismo que extraía o bom humor de todos ao redor. Ainda assim, de vez em quando, como demonstrara no trem, exibia uma fúria súbita, uma raiva violenta que provocava respeito e até mesmo medo daqueles que cruzavam seu caminho. Também pela lei, McMurdo mostrava um desprezo amargo, que deliciava alguns e assustava outros de seus colegas de pensão.

Desde o começo deixou claro, pela sua franca admiração, que a filha do proprietário ganhara seu coração desde o momento em que lhe botara os olhos. Ele não era um pretendente tímido. No segundo dia disse à moça que a amava, e dali em diante repetia suas palavras sem se preocupar com o que ela lhe dissesse para desencorajá-lo.

– Existe outro! – ele exclamava. – Pior para ele! Que tome cuidado! Vou perder o amor da minha vida e todo o desejo do meu coração por causa de outro? Pode dizer "não" quantas vezes quiser, Ettie. Vai chegar o dia em que me dirá "sim". E sou jovem o bastante para esperar.

Era um pretendente perigoso, com a típica língua solta dos irlandeses e seus modos gentis e insinuantes. Havia nele, também, uma aura de experiência e mistério que costuma atrair o interesse e, finalmente, o amor das mulheres. Ele falava dos agradáveis vales do Condado de Monaghan, de onde viera, da encantadora ilha distante, com as colinas baixas e os prados verdes, que pareciam ainda mais lindos imaginados a distância, comparando-os com aquela cidade em que estava, cheia de sujeira e neve. Também, ele conhecia as cidades do norte, Detroit e as madeireiras de Michigan, Buffalo e, finalmente, Chicago, onde trabalhara numa serraria. Vinha, logo depois, a perspectiva de aventura, com a sensação de que se envolvera em estranhos acontecimentos na cidade grande; tão estranhos e íntimos que não se atrevia a falar deles. Falava pensativo de uma partida inesperada, da ruptura com antigos compromissos, da fuga para um mundo esquisito, concluída naquele vale desolado. E Ettie escutava, com seus olhos escuros brilhando de admiração e simpatia, duas qualidades que podem natural e rapidamente se transformar em amor.

McMurdo conseguira um emprego temporário de guarda-livros, pois tinha boa instrução. Isso o mantinha ocupado a maior parte do dia, e ele não encontrara oportunidade, ainda, para se apresentar ao grão-mestre da Loja da Antiga Ordem dos Homens Livres. Foi lembrado de sua omissão, contudo, ao receber, naquela noite, uma visita de Mike Scanlan, o confrade que conhecera no trem. Scanlan, um homenzinho nervoso de olhos pretos, pareceu feliz por reencontrá-lo. Depois de alguns goles de uísque, ele tocou no motivo de sua visita.

– Escute, McMurdo – ele disse –, lembrei-me do seu endereço e resolvi visitá-lo. Estou surpreso que ainda não se apresentou ao grão-mestre. O que há de errado que você ainda não foi ver o chefe McGinty?

– Bem, eu precisava de um emprego. E tenho andado ocupado.

– Deve encontrar tempo para vê-lo, ainda que não tenha para mais nada. Por Deus, homem, você é louco por não ter ido ao sindicato e registrado seu nome logo que chegou! Se lhe cair no desagrado... bem, isso *não pode acontecer*!

McMurdo demonstrou certa surpresa.

– Sou membro da Ordem há mais de dois anos, Scanlan, e nunca soube que nossos deveres são tão urgentes assim.

– Talvez não em Chicago.

– Ora, é a mesma sociedade que esta aqui.

– Será? – Scanlan lançou-lhe um olhar longo. Havia algo de sinistro em seus olhos.

– Não é? – insistiu McMurdo.

– Diga-me você mesmo, dentro de um mês. Soube que discutiu com os policiais, depois que saí do trem.

– E como soube disso?

– Ah, as notícias voam... as notícias boas e as más, também, voam nesta região.

– Bem, eu só disse àqueles cães o que acho deles.

– Por Deus, você é o homem que McGinty procura.

– Por quê? Ele também odeia a polícia?

Scanlan soltou uma gargalhada.

– É melhor que vá vê-lo, amigo – ele disse, preparando-se para sair. – Não será a polícia, mas você, que ele irá odiar, se não for vê-lo. Aceite o conselho de um amigo e faça isso sem demora.

Aconteceu que, na mesma noite, McMurdo teve outro encontro que o pressionou na mesma direção. Pode ser que suas atenções para com Ettie tenham sido mais evidentes que o de costume ou que a mente lerda do hospedeiro sueco demorasse a compreender o que acontecia. Mas, qualquer que fosse o motivo, o velho Shafter chamou o jovem ao seu escritório e foi direto ao ponto, sem nenhum rodeio.

– Parece, meu amigo, que o senhor se interessa por Ettie. Não é verdade? Ou estou enganado?

– Sim, é isso mesmo – respondeu o jovem.

– Bem, preciso lhe dizer que isso não vai funcionar. Alguém chegou na sua frente.

– Ela me disse.

– Então pode acreditar que lhe disse a verdade! Ela contou quem é?

– Não. Eu lhe perguntei, mas ela não quis dizer.

– Imaginei que não; ela é esperta. Acho que não quis assustá-lo.

– Assustar! – McMurdo enfureceu-se imediatamente.

– Ah, sim, meu amigo! Não precisa se envergonhar por ter medo dele. Afinal, trata-se de Ted Baldwin.

– E quem diabos é ele?

– Um dos chefes dos Vingadores.

– Vingadores! Já ouvi falar deles. Vingadores aqui... Vingadores lá... e sempre se referem a eles em meia-voz. Por que todos têm medo deles? Quem são os Vingadores?

Instintivamente, o hospedeiro baixou a voz, como todos faziam ao falar daquela terrível sociedade.

– Os Vingadores – ele disse – são a Antiga Ordem dos Homens Livres.

O jovem teve um sobressalto.

– Ora, eu também sou membro da Ordem.

– Você! Não o deixaria entrar na minha casa se soubesse... nem se me pagasse cem dólares por semana.

– Qual o problema com a Ordem? Promovemos fraternidade e caridade. São essas as regras.

– Talvez em outros lugares, mas não aqui!

– O que ela é aqui?

– Uma sociedade de assassinos, é o que é.

McMurdo riu, incrédulo.

– Pode provar isso? – perguntou.

– Provar! Não bastam cinquenta assassinatos para prová-lo? E quanto a Milman e Van Shorst? E a família Nicholson, e o velho Sr. Hyam, o jovem Billy James e todos os outros? Provar! Existe algum homem ou mulher que não saiba disso?

– Olhe aqui – disse McMurdo, com ar sério. – Deve retirar ou sustentar o que disse. O senhor deve fazer uma dessas coisas antes que eu vá embora desta pensão. Ponha-se no meu lugar. Aqui estou, um estranho na cidade. Pertenço a uma sociedade que só conheço como boa. O senhor a encontrará espalhada por todos os Estados Unidos, e sempre promovendo o bem. Estou planejando me juntar a ela nesta cidade, e o senhor me diz que é uma organização assassina chamada de "Vingadores". Acho que me deve desculpas ou uma explicação, Sr. Shafter.

– Só posso lhe dizer o que todo mundo sabe. Os chefes de uma são os mesmos chefes da outra. Se ofender uma delas, a outra lhe pega. Isso já foi provado em demasia!

– É tudo fofoca! Quero provas! – exclamou McMurdo.

– Se permanecer na cidade o suficiente, o senhor terá suas provas. Mas esqueço-me de que é um deles. Logo será tão ruim como os outros. Mas o senhor terá de encontrar outro lugar para ficar. Não posso hospedá-lo aqui. Já é ruim demais que um deles venha cortejar minha Ettie e eu não tenha coragem de pô-lo para correr, mas não vou ter outro como hóspede. Sim, senhor, não vai mais dormir aqui a partir de amanhã!

Foi assim que McMurdo viu-se afastado, repentinamente, tanto do quarto confortável em que vivia quanto da garota que amava. Encontrou-a naquela mesma noite na sala de estar, deixando-a saber de seus problemas.

– Seu pai acaba de me despejar – ele disse. – Não me importaria se fosse apenas o quarto, mas Ettie... ainda que só a conheça há uma semana, é o ar que respiro, e não posso viver sem você.

– Psiu, Sr. McMurdo! Não fale assim! Já lhe disse que chegou tarde, ou não? Existe outro, e, ainda que não vá me casar com ele imediatamente, não posso fazer promessas a ninguém mais.

– Suponha que eu fosse o primeiro, Ettie, teria alguma chance?

A garota escondeu o rosto nas mãos.

– Queria, em Deus, que você tivesse chegado primeiro!

McMurdo ajoelhou-se diante dela.

– Pelo amor de Deus, Ettie, o que é isso?! – ele exclamou. – Quer arruinar sua vida e a minha por causa de uma promessa dessas? Siga seu coração, querida! Ele é um guia mais seguro que qualquer promessa feita antes de você saber o que falava!

Ele segurou as mãos alvas da moça entre as suas fortes manoplas bronzeadas.

– Diga que será minha e enfrentaremos as dificuldades juntos.

– Mas não aqui!

– Sim, aqui.

– Não, Jack, não! – ele a envolvia com os braços. – Não pode ser aqui. Por que não me leva embora?

Uma dúvida passou pelo rosto de McMurdo, mas ele logo a afastou, retomando sua expressão pétrea.

– Tem de ser aqui – ele disse. – Vou protegê-la contra todo o mundo, Ettie, bem aqui onde estamos.

– Por que não podemos partir juntos?

– Não, Ettie, não posso fugir.

– Por quê?

– Nunca mais poderia erguer a cabeça se deixasse que me escorraçassem daqui. Além do mais, o que há para temer? Não somos pessoas livres num país livre? Se você me ama como eu a amo, o que pode nos separar?

– Você não sabe, Jack. Está aqui há pouco tempo. Não conhece esse Baldwin, nem McGinty ou os Vingadores.

– Não, não os conheço, e também não me metem medo, porque não acredito nisso! – disse McMurdo. – Já convivi com homens durões, querida, e, em vez de temê-los, eles passaram a me temer. Sempre foi assim, Ettie. Mas isso é loucura! Se esses homens, como seu pai diz, cometeram crime após crime no vale, e todo mundo sabe quem são, como é que a Justiça ainda não os pegou? Diga-me, Ettie.

– Nenhuma testemunha ousa falar contra eles. Não viveria um mês quem o fizesse. Também, eles sempre têm suas próprias testemunhas, para dizer que o acusado estava longe da cena do crime. Mas, Jack, você deve ter lido a respeito! Eu soube que todos os jornais da América falaram a respeito.

– Bem, eu li algo, é verdade, mas pensei se tratar apenas de conversa mole. Talvez esses homens tenham alguma razão para agir assim. Talvez estejam sofrendo injustiças e esse seja o único meio de se defenderem.

– Ah, Jack, não fale assim! É como fala... o outro!

– Baldwin... é o que ele diz, também?

– E é por isso que o odeio tanto. Ah, Jack, agora posso lhe dizer a verdade. Odeio Baldwin com todas as minhas forças. Mas também tenho medo dele. Por mim, mas também por meu pai. Sei que algo de muito mau nos aconteceria se eu dissesse o que sinto. Por isso o tenho iludido com meias promessas. Essa tem sido nossa única esperança. Mas se você fugir comigo, Jack, podemos levar meu pai junto e viver longe do alcance desses homens perversos.

Novamente, o rosto de McMurdo mostrou que ele sofria um debate interno. Logo, porém, sua determinação assomou à face.

– Nenhum mal lhe acontecerá, Ettie, nem ao seu pai. Quanto aos homens perversos, acho que você vai descobrir que sou o pior deles.

– Não, Jack! Confio totalmente em você.

McMurdo sorriu, amargo.

– Bom Deus, como você me conhece pouco. Sua alma inocente, minha querida, não pode imaginar o que se passa na minha. Mas quem é o visitante?

A porta se abrira com ímpeto, e um jovem entrou todo prosa, como se fosse o dono da casa. Era um rapaz de boa aparência, com a mesma idade e estatura de McMurdo. Sob o chapéu de feltro preto, que ele não se preocupara em retirar, havia um rosto bonito, com olhos violentos e dominadores, acima de um nariz curvo como um bico. Ele olhava furiosamente para o casal sentado junto à lareira.

Ettie erguera-se de um pulo, confusa e assustada.

– Fico feliz em vê-lo, Sr. Baldwin – ela disse. – Chegou mais cedo do que eu esperava. Sente-se.

Baldwin ficou parado, com as mãos na cintura, olhando para McMurdo.

– Quem é ele? – perguntou asperamente.

– Um amigo meu, Sr. Baldwin. Um novo hóspede. Sr. McMurdo, este é o Sr. Baldwin.

Os dois homens, carrancudos, trocaram leve aceno de cabeça.

– Acho que a Srta. Ettie lhe contou nossa situação? – perguntou Baldwin.

– Não sei de nenhuma situação entre vocês dois.

– Não sabe? Então deixe-me esclarecer. Pode acreditar que esta garota é minha, e aproveite a noite agradável para um passeio.

– Obrigado, mas não quero passear.

– Não quer? – os olhos enfurecidos de Baldwin brilharam de ódio. – Talvez, então, queira brigar, Sr. Hóspede?

– Ah, isso sim – exclamou McMurdo. – É a primeira coisa inteligente que você diz.

– Pelo amor de Deus, Jack! Pelo amor de Deus! – gritou a pobre

Ettie, fora de si. – Oh, Jack, Jack, você não sabe em que está se metendo!

– Ah, então ele é "Jack"! – disse Baldwin – Já chegaram a esse ponto?

– Oh, Ted, seja razoável... seja gentil! Por mim, Ted, se me ama de verdade, tenha bom coração e saiba perdoar.

– Eu acho, Ettie, que se você nos deixar a sós, nós poderemos resolver o assunto – disse McMurdo. – Ou talvez, Sr. Baldwin, queira sair para a rua comigo. Está uma noite agradável e há um terreno vazio no próximo quarteirão.

– Vou acertar as contas com você sem sujar minhas mãos – disse seu inimigo. – Vai desejar nunca ter entrado nesta casa quando eu acabar com você.

– Agora é a hora – gritou McMurdo.

– Eu vou escolher a hora, rapaz. Deixe isso comigo. Veja isto! – ele ergueu a manga da camisa e mostrou uma marca em seu antebraço. Parecia que fora feita a fogo. Era um círculo com um triângulo dentro. – Sabe o que significa?

– Não sei e não me importo!

– É? Mas vai saber. Prometo-lhe que sim. E não vai demorar muito, também. Talvez a Srta. Ettie possa lhe contar algo a respeito. E quanto a você, Ettie, vai voltar para mim de joelhos. Ouviu, garota? De joelhos! E então veremos qual será seu castigo. Você semeou... e, por Deus, garanto que irá colher!

Baldwin lançou-lhes outro olhar de ódio, virou-se e saiu batendo a porta.

Por alguns instantes, McMurdo e a garota ficaram em silêncio. Depois, ela envolveu-o em seus braços.

– Oh, Jack, como você é corajoso! Mas isso de nada adianta. Você precisa fugir! E esta noite, Jack, esta noite. É sua única chance. Ele irá matá-lo. Eu vi naqueles olhos terríveis. Que chance você pode ter contra uma dúzia deles, com o chefe McGinty e toda a Loja por trás?

McMurdo soltou-se, beijando-a, e fez com que se sentasse numa cadeira.

– Calma, querida, calma. Não fique preocupada ou temerosa por mim. Eu também sou um Homem Livre. Acabei de dizê-lo a seu pai. Talvez eu não seja melhor que os outros, por isso não pense que sou um santo. Talvez você também me odeie, agora que lhe contei.

– Odiá-lo, Jack! Enquanto viver, nunca poderei sentir isso! Sei que não há nenhum mal em ser um Homem Livre, a não ser nesta região. Então, por que deveria pensar algo de mal de você? Mas se é um Homem Livre, Jack, por que não vai procurar o chefe McGinty e se torna amigo dele? Oh, corra, Jack, corra! Fale antes que os cachorros venham atrás de você!

– Estava pensando a mesma coisa – disse McMurdo. – Irei agora mesmo para acertar a situação. Diga a seu pai que hoje dormirei na pensão, mas que pela manhã vou procurar outro lugar.

O bar de McGinty estava lotado como de costume, pois era o local preferido pelos valentões da cidade. O homem era muito popular, pois tinha uma máscara alegre e bem disposta, com a qual escondia muita coisa. Mas, popularidade à parte, o medo que ele inspirava em toda a cidade, e mesmo em todo o vale e até além das montanhas, era suficiente para encher o salão, pois todos queriam ser conhecidos de McGinty.

Além dos poderes secretos que, acreditava-se, ele exercia de modo tão inclemente, o chefe era um alto funcionário público, vereador municipal e comissário das estradas. Foi eleito para esses cargos com os votos dos mal-intencionados, que esperavam receber favores em troca dos votos. As taxas e impostos eram enormes, os serviços públicos negligenciados, as contas públicas aprovadas por auditores corruptos. Isso tudo fazia com que os cidadãos decentes ficassem aterrorizados, sofrendo extorsão "oficial" e tendo que manter a boca fechada para evitar que o pior lhes acontecesse. E era assim, ano após ano, que as joias do chefe McGinty se tornavam mais evidentes, suas correntes de ouro mais pesadas sobre roupas cada vez melhores e sua casa noturna ficava maior, parecendo até que absorveria todo um lado da Praça do Mercado.

McMurdo empurrou a porta de vaivém do salão e fez caminho entre a multidão de homens, através de uma atmosfera carregada de fumaça de tabaco e vapores alcoólicos. A iluminação do local brilhava intensamente. O espelhos enormes pendurados nas paredes multiplicavam as luzes. Muitos *barman* em mangas de camisa trabalhavam duro, preparando as bebidas para os clientes que se aglomeravam no balcão metalizado. Na outra extremidade, apoiado no balcão com um charuto enfiado no canto na boca, estava um homem alto e forte, que não podia ser outro senão o famoso McGinty. Era um gigante moreno, com longas suíças e um cabelo comprido que lhe caía sobre o colarinho. Sua pele era morena como a de um italiano. O preto opaco de seus olhos, combinado com um ligeiro estrabismo, conferia-lhe uma aparência sinistra. Tudo o mais naquele homem, suas proporções nobres, feições delicadas e atitude franca combinavam com o tom alegre e espontâneo que ele fingia. Quem não o conhecesse poderia jurar estar diante de uma pessoa honesta, bronca e de bom coração, por mais grosseiras que suas palavras rudes parecessem. Somente quando aqueles olhos mortiços, profundos e impiedosos, fixavam-se num homem, este se encolhia, pois sabia estar face a face com o mal em suas diferentes possibilidades, com força, coragem e astúcia que o tornavam milhares de vezes mais letal.

Depois de estudar atentamente o homem que procurava, McMurdo abriu passagem a cotoveladas, audacioso como sempre, e se meteu entre os homens que adulavam o poderoso chefe, gargalhando a qualquer piadinha que este fizesse. Através dos óculos, o jovem fixou seus olhos cinzentos no rosto perigoso de McGinty, que imediatamente se virou em sua direção.

– Bem, meu jovem, não me lembro de tê-lo visto.

– Sou novo aqui, Sr. McGinty.

– Não é tão novo que não saiba se dirigir a uma autoridade com o título correto.

– Ele é o vereador McGinty, rapaz – disse alguém do grupo.

– Desculpe-me, vereador. Não estou acostumado aos costumes do lugar. Mas fui aconselhado a procurá-lo.

– Bem, já me encontrou. Sou isto que está vendo. O que acha?

– Ainda é cedo para dizer. Mas se o seu coração for tão grande quanto o corpo, e a alma tão boa quanto a cara, não peço nada melhor que isso – disse McMurdo.

– Que diabo, você tem mesmo a língua afiada de um irlandês! – gritou o dono do bar, indeciso se dava corda ao humor do visitante ou se mantinha a aparência de durão. – Então você aprova minha aparência?

– Claro que sim – disse McMurdo.

– E lhe disseram para me procurar?

– Foi isso.

– Quem disse?

– Irmão Scanlan, Loja 341, de Vermissa. Bebo à sua saúde, vereador, e à nossa amizade – McMurdo ergueu um copo que lhe fora servido e esticou o dedo mínimo enquanto bebia.

McGinty, que o observava atentamente, arqueou as sobrancelhas.

– Ah, é isso, então? – ele disse. – Terei que verificar melhor, Sr...

– McMurdo.

– Preciso verificar melhor, Sr. McMurdo, pois somos um pouco desconfiados de estranhos nesta região, e não acreditamos em tudo o que nos dizem. Venha comigo, atrás do bar.

Entraram numa salinha cheia de barris. McGinty fechou com cuidado a porta e se sentou, pondo o charuto na boca e examinando

o recém-chegado com olhos inquietos. Por alguns minutos, ele permaneceu totalmente em silêncio.

McMurdo esperou alegremente enquanto era inspecionado, com uma mão no bolso do casaco e outra remexendo no bigode. De repente, McGinty se abaixou e sacou um revólver.

– Escute aqui, palhaço – disse ele –, se eu descobrir que você está aprontando alguma para nós, não vai ter tempo de dizer "amém".

– Essa é uma estranha recepção – McMurdo respondeu com dignidade – para o grão-mestre de uma Loja dos Homens Livres dar a um irmão.

– É, mas é isso que você tem de provar – disse McGinty. – E que Deus o ajude se não conseguir. Onde foi iniciado?

– Loja 29, Chicago.

– Quando?

– 24 de junho de 1872.

– Quem é o grão-mestre?

– James H. Scott.

– Quem é o chefe do seu distrito?

– Bartholomew Wilson.

– Hum! Parece ter as respostas prontas. O que está fazendo por aqui?

– Trabalhando, como você, mas num emprego pobre.

– Realmente, você é rápido nas respostas!

– Sou. Sempre fui rápido para falar.

– E é rápido de ação?

– Aqueles que me conhecem sabem que sim.

– Talvez o coloquemos à prova antes do que imagina. Já ouviu algo sobre as atividades da Loja nesta região?

– Ouvi que é necessário ser homem de verdade para ser um irmão.

– É verdade, McMurdo. Por que saiu de Chicago?

– Prefiro ser enforcado a lhe dizer.

McGinty arregalou os olhos. Não estava acostumado a ouvir respostas assim, e aquilo o divertiu.

– Por que não quer me contar?

– Por que um irmão não deve mentir a outro.

– E a verdade é muito ruim para ser dita?

– Pode acreditar que sim, se quiser.

– Escute aqui, amigo, não pode esperar que eu, o grão-mestre, admita na Loja um homem por cujo passado não possa responder.

McMurdo pareceu confuso. Então pegou um recorte de jornal do bolso.

– Você não entregaria um irmão? – perguntou ele.

– Meto-lhe a mão na cara, se repetir isso! – gritou, furioso, McGinty.

– Tem razão, vereador – disse McMurdo, envergonhado. – Peço desculpas. Falei sem pensar. Sei que estou a salvo em suas mãos. Veja este recorte.

McGinty passou os olhos pela reportagem sobre o tiroteio no salão de Jonas Pinto, no Bar Lake, rua do Mercado, Chicago, no Ano Novo de 1874.

– Trabalho seu? – perguntou, devolvendo o jornal.

McMurdo confirmou com a cabeça.

– Por que atirou nele?

– Eu estava ajudando o Tio Sam a fazer dólares. Talvez os meus não fossem de ouro tão bom quanto os do Tio, mas pareciam verdadeiros e eram mais baratos de produzir. Esse homem, Jonas Pinto, me ajudava a passar o arame...

– Fazer o quê?

– Quero dizer, colocar os dólares em circulação. Ele disse que dividiria comigo o que conseguisse. Talvez ainda o fizesse, um dia. Mas não esperei para ver. Matei o homem e me mandei para o distrito do carvão.

– Por que o distrito do carvão?

– Porque li nos jornais que aqui não dão muita atenção a detalhes.

McGinty riu.

– Quer dizer que você é um falsificador, assassino e achou que seria bem-vindo por aqui?

– É mais ou menos isso – respondeu McMurdo.

– Bem, acho que você vai longe. Ainda faz aqueles dólares?

McMurdo pegou meia dúzia de moedas no bolso.

– Estes nunca estiveram na Casa da Moeda.

– Não diga! – McGinty colocou-as perto da luz, em sua mão enorme e cabeluda como a de um gorila. – Não vejo diferença! Acho que você vai ser um irmão e tanto. Precisamos de homens valentes entre nós, McMurdo, pois às vezes precisamos agir. Estaremos em breve contra a parede se não revidarmos àqueles que nos atacam.

– Acho que posso tomar parte no revide junto com os outros.

– Você parece ser durão. Nem piscou quando lhe apontei o revólver.

– Não era eu quem corria perigo.

– Quem era, então?

– Você, vereador – McMurdo sacou uma pistola engatilhada do bolso lateral do casaco. – Estava coberto o tempo todo. Acho que meu tiro seria tão rápido quanto o seu.

McGinty ficou vermelho de raiva, mas depois explodiu numa gargalhada.

– Que diabo! – disse. – Faz tempo que não surge por aqui um velhaco do seu calibre. Acho que a Loja vai se orgulhar de você. Bem, e você o que quer? Não posso conversar a sós com um cavalheiro por cinco minutos que já se mete no meio?

O *barman* pareceu embaraçado.

– Desculpe-me, vereador. Mas é o Sr. Ted Baldwin. Diz que precisa vê-lo agora mesmo.

A mensagem era desnecessária, pois o rosto cruel e selvagem do próprio Baldwin olhava por sobre o ombro do funcionário. Ele puxou o *barman* para fora e fechou a porta atrás de si.

– Chegou primeiro, então – ele disse, olhando furioso para McMurdo. – Preciso lhe contar algumas coisas sobre este homem, vereador.

– Então diga agora, na minha cara! – gritou McMurdo.

– Direi quando quiser, do meu jeito!

– Chega disso – falou McGinty, levantando-se. – Assim não é possível. Temos um novo irmão, Baldwin, e esse não é o modo de recebê-lo. Estendam a mão e façam as pazes.

– Nunca! – gritou Baldwin, furioso.

– Já me ofereci para lutar, se ele acha que lhe fiz algo de errado – disse McMurdo. – Estou pronto a lutar com os punhos, ou, se isso não for de seu agrado, com as armas que escolher. Agora eu deixo nas suas mãos, vereador, que julgue nossa disputa como grão-mestre que é.

– Qual é a disputa?

– Uma moça. Ela é livre para escolher.

– Ah, ela é? – exclamou Baldwin.

– Entre dois irmãos da Loja, devo concordar que é livre, sim – disse o chefe.

– É o que acha, então?

– Sim, Ted Baldwin, é o que sei – respondeu McGinty, com um olhar perigoso. – Você irá contra meu julgamento?

– Você irá contra um homem que está ao seu lado há cinco anos, em favor de um estranho que nunca viu na vida? Não será grão-mestre por toda a vida, Jack McGinty, e, por Deus, na próxima eleição...

O vereador pulou sobre ele como um tigre. Suas mãos fecharam-se em volta do pescoço de Baldwin, empurrando-o sobre os barris. Furioso, teria matado o homem, não fosse a intervenção de McMurdo.

– Calma, vereador! Pelo amor de Deus, calma! – exclamou, puxando-o.

McGinty soltou Baldwin, que, tremendo e sem fôlego, sentou-se no barril, com uma expressão de quem acabou de ver a morte de perto.

– Faz tempo que pede por isso, Ted Baldwin. Agora conseguiu – exclamou McGinty, com o peito largo arfando. – Talvez pense que, se eu não for eleito para grão-mestre, você ficará no meu lugar. Mas, enquanto eu for o chefe, ninguém vai se colocar contra mim ou minhas ordens.

– Nada tenho contra você – murmurou Baldwin, com a mão na garganta.

– Muito bem, então – disse o outro, relaxando imediatamente e recolocando a máscara de alegria. – Somos todos bons amigos, novamente, e a questão está resolvida.

Ele pegou uma garrafa de champanha na prateleira e sacou a rolha.

– Vamos lá – ele continuou, enchendo três taças –, vamos lavar as disputas da Loja com isto aqui. Afinal, como vocês sabem, não pode haver ressentimentos entre nós. Agora, com a mão esquerda sobre o pomo de Adão, eu lhe pergunto, Ted Baldwin, qual é a ofensa?

– As nuvens estão pesadas – respondeu Baldwin.

– Mas sumirão para sempre.

– Eu juro.

Os homens beberam e a mesma cerimônia foi repetida entre Baldwin e McMurdo.

– Assim! – exclamou McGinty, esfregando as mãos. – As mágoas ficaram para trás. Se continuarem com essa briguinha, vocês sofrerão o disciplinamento da Loja, que é aplicado com mão de ferro nesta região, como o irmão Baldwin sabe e como você, irmão McMurdo, irá descobrir se procurar encrenca.

– Por Deus, não serei eu que criarei problemas – disse McMurdo, estendendo a mão para Baldwin. – Gosto de entrar numa briga, mas gosto ainda mais de fazer as pazes. Dizem que é meu sangue irlandês. Mas, no que depender de mim, acabou. Sem ressentimentos.

Baldwin teve de aceitar a mão estendida, pois o olhar ameaçador do chefe estava sobre ele. Mas seu rosto sombrio mostrava que as palavras conciliadoras de McMurdo não o comoveram.

McGinty bateu nos ombros dos dois.

– Ah, mulheres! Essas mulheres! – exclamou. – E pensar que o mesmo rabo de saia se pôs entre dois dos meus rapazes. É obra do diabo! Bem, é a garota que terá de escolher, pois isso está além da jurisdição de um grão-mestre, e graças a Deus por isso! Já temos muito o que fazer sem termos de nos preocupar com as mulheres. Você terá de se afiliar à Loja 341, irmão McMurdo. Temos nossos próprios métodos, que são diferentes dos de Chicago. Nossa próxima reunião será no sábado à noite, e, se você comparecer, vamos torná-lo livre para sempre no Vale Vermissa.

Capítulo III

Loja 341, Vermissa

No dia seguinte à noite em que aconteceram fatos tão importantes, McMurdo mudou-se da pensão do velho Jacob Shafter para um quarto na casa da viúva MacNamara, na periferia da cidade. Scanlan, o primeiro irmão que conheceu, ainda no trem, logo depois mudou-se para Vermissa, indo morar com McMurdo. Não havia outros hóspedes, e a dona da casa era uma velha e bondosa senhora irlandesa, que os deixava à vontade, de modo que tinham liberdade para conversar e agir, o que era bom para homens que dividiam seus segredos. Shafter abrandou sua posição e permitia que McMurdo aparecesse para as refeições quando quisesse. Assim, seu relacionamento com Ettie não foi afetado. Pelo contrário, tornou-se mais próximo nas semanas que se seguiram. Em seu quarto, na nova moradia, McMurdo sentiu-se seguro o suficiente para revelar seus moldes para cunhagem de moedas. Após muito jurarem segredo, alguns irmãos da Loja puderam ver seu equipamento, saindo com alguns exemplos da falsificação nos bolsos. As moedas eram tão perfeitas que eles não sentiam nenhuma dificuldade ou perigo em passá-las. Os irmãos se perguntavam por que, com tal habilidade, ele se preocupava em trabalhar. Mas McMurdo deixava claro, para qualquer um que perguntasse, que, se ele vivesse sem qualquer meio evidente de sustento, isso logo traria a polícia até ele.

De fato, um policial já estava no seu rasto. Mas isso, por sorte, trouxe-lhe mais bem que mal. Após a noite em que se conheceram, ele não encontrou tempo para voltar ao bar de McGinty e ficar amigo dos "rapazes" – título alegre pelo qual se conheciam os integrantes da perigosa quadrilha que infestava a região. Sua atitude ousada e o destemor ao falar tornaram-lhe, logo, muito popular entre os demais. Isso, mais a forma rápida e precisa com que ele venceu um adversário numa briga de bar fizeram com que conquistasse respeito naquela comunidade grosseira. Entretanto, outro acontecimento tornou-o ainda mais admirado.

Certa noite, na hora em que o bar estava lotado, a porta se abriu e um homem entrou, vestindo o distinto uniforme azul e o quepe alto da Polícia do Carvão e do Ferro. Essa era uma organização especial, mantida pelos proprietários de estradas de ferro e minas, para complementar os esforços da polícia regular, que não conseguia fazer face ao crime organizado que aterrorizava a região. Fez-se silêncio quando ele entrou, e muitos olhares curiosos o acompanharam. Mas as relações entre criminosos e policiais são muito especiais nos Estados Unidos, e o próprio McGinty, atrás do balcão, não demonstrou surpresa com o oficial se comportando como um freguês comum.

– Um uísque puro, que a noite está um gelo – disse o policial. – Será que já nos conhecemos, vereador?

– Você é o novo capitão? – perguntou McGinty.

– Eu mesmo. Estamos procurando os eminentes cidadãos da cidade, entre eles o senhor, vereador, para nos ajudar a manter a lei e a ordem na região. Meu nome é capitão Marvin, do Carvão e do Ferro.

– Estaríamos melhor sem vocês, capitão Marvin – disse, friamente, McGinty. – Temos nossa própria polícia na cidade, e não precisamos de mercadoria importada. Que é você senão uma ferramenta mantida pelos capitalistas, contratado para oprimir e eliminar os cidadãos menos afortunados?

– Ora, ora, não vamos discutir isso – disse o policial, bem-humorado. – Espero que todos cumpramos nossos deveres da melhor forma, embora tenhamos pontos de vista diferentes de quais são os deveres – ele esvaziara seu copo e se voltara para ir embora, quando seus olhos caíram em McMurdo. – Olá! – exclamou, medindo-o de alto a baixo. – Aqui está um velho conhecido!

McMurdo se afastou.

– Nunca fui amigo de nenhum maldito tira em toda a minha vida – ele disse.

– Um conhecido não é necessariamente um amigo – o capitão sorriu. – Você é Jack McMurdo, de Chicago, com toda a certeza, e não tente negar.

– Não tenho o que negar – McMurdo encolheu os ombros. – Acha que tenho vergonha do meu próprio nome?

– Tem boas razões para isso.

– Que diabos quer dizer com isso? – rugiu McMurdo, fechando as mãos.

– Não, Jack, não adianta bancar o valente comigo. Fui policial em Chicago antes de vir parar neste maldito buraco de carvão, e reconheço um bandido de Chicago quando vejo um.

McMurdo caiu em si.

– Não me diga que é Marvin, da Delegacia-Central!? – exclamou.

– O mesmo bom e velho Teddy Marvin, ao seu serviço. Não esquecemos do assassinato de Jonas Pinto.

– Não fui eu quem atirou.

– Não mesmo? Seu depoimento é bem imparcial, não acha? Engraçado, a morte dele foi bastante conveniente para você, que assim se livrou de ser preso por circulação de dinheiro falso. Mas podemos esquecer isso, pois, cá entre nós, e talvez esteja além do meu dever dizer isso, ninguém tem provas contra você, que pode voltar para Chicago amanhã mesmo, se quiser.

– Estou bem aqui.

– Dei uma informação valiosa para você, que deveria se mostrar agradecido.

– Acho que você está bem-intencionado, e agradeço-lhe por isso – disse McMurdo, de forma pouco amistosa.

– Comigo está tudo bem, desde que você ande na linha – disse o capitão. – Mas, se aprontar alguma, a coisa muda de figura! Boa noite para você, e boa noite, vereador.

Dizendo isso, saiu do bar, ao mesmo tempo que criava um herói.

Os feitos de McMurdo, na longínqua Chicago, já haviam sido comentados antes. Contudo, ele afastava as perguntas com sorrisos, como se o caso não fosse grande coisa. Mas o capitão Marvin confirmara oficialmente os comentários. Os rapazes e frequentadores do bar se reuniram à sua volta, cumprimentando-o. Daquele momento em diante, podia agir como quisesse naquela comunidade. Normalmente ele podia beber muito sem demonstrar que o fizera, mas naquela noite, se Scanlan não estivesse por perto para acompanhá-lo até em casa, teria passado a noite na mesa do bar.

Na noite de sábado, McMurdo foi apresentado à Loja. Ele pensava que entraria sem cerimônias, pois fora iniciado em Chicago. Mas Vermissa tinha ritos especiais dos quais os irmãos tinham orgulho, e era necessário que todos os postulantes passassem pelo ritual. A assembleia se reuniu no grande salão de reuniões da sede do sindicato. Estavam presentes sessenta membros da cidade, o que não representava toda a força da organização, pois havia outras lojas no vale, e também dos dois lados além das montanhas, que enviavam membros quando algum negócio urgente assim exigia. Dessa forma, os crimes podiam ser cometidos por estranhos à comunidade. No geral, havia não menos de quinhentos irmãos espalhados pelo distrito do carvão.

No salão, de pouca mobília e paredes nuas, os homens se reuniram em volta de uma mesa comprida. Ao lado havia uma outra, com garrafas e copos, para onde alguns já estavam olhando. McGinty sentou-se à cabeceira, com um barrete de veludo preto sobre a cabeça e uma estola púrpura em volta do pescoço. Isso tudo fazia com que parecesse um sacerdote no comando de algum ritual diabólico. À sua esquerda e à sua direita estavam os oficiais mais elevados da Loja, com o rosto ao mesmo tempo cruel e belo, Ted Baldwin entre eles. Cada um dos oficiais usava um medalhão ou estola, como símbolo de seu posto. Em sua maioria, a Loja era formada por homens maduros, mas o resto do grupo era composto por jovens de dezoito a vinte e cinco anos, que eram os agentes sempre prontos e dispostos a executar as ordens dos mais velhos, que deixavam transparecer, em suas expressões, a alma, selvagem e sem lei. Contudo, observando os demais, era difícil pensar que aqueles rapazes, de rostos francos e corajosos, constituíssem um grupo perigoso de assassinos, cujas mentes haviam sofrido tamanha corrupção que se sentiam orgulhosos por sua proficiência nos "negócios", e tinham o maior respeito pelos homens que possuíam a reputação de fazerem um "serviço limpo". Para sua moral deteriorada, voluntariar-se para matar alguém que nunca lhes fez mal ou que, em muitos casos, nunca viram na vida, tornara-se uma atitude cavalheiresca e corajosa. Cometido o crime, brigavam entre si, disputando quem dera o disparo fatal. Divertiam-se descrevendo os gritos e contorções do assassinado. A princípio cercavam seus feitos de certo sigilo, mas, à época da chegada de McMurdo, suas atitudes eram extraordinariamente abertas, pois os repetidos insucessos da lei provaram-lhes que não haveria quem ousasse testemunhar contra eles e que, por outro lado, possuíam um grande número de testemunhas para lhes fornecer álibis, além de um cofre cheio, para contratar os melhores advogados do Estado. Em dez longos anos de ultrajes não houvera uma única condenação, e o único perigo que realmente ameaçava os Vingadores vinha das vítimas que, embora em menor número e tomadas de surpresa, às vezes deixavam suas marcas nos assaltantes.

McMurdo fora avisado de que deveria enfrentar uma prova, mas ninguém lhe dissera do que se tratava. Ele foi levado a uma outra sala por dois irmãos. De lá, podia ouvir o murmúrio vindo da assembleia. Duas ou três vezes ouviu seu nome ser mencionado, e sabia que estavam discutindo sua candidatura. Depois, um guarda com uma faixa dourada e outra verde atravessadas no peito entrou na sala em que estava.

– O grão-mestre ordenou que ele seja amarrado, vendado e conduzido – ele disse, e os três tiraram o paletó de McMurdo, arregaçaram-lhe a manga direita da camisa e, finalmente, passaram-lhe uma corda acima dos cotovelos. Em seguida, puseram-lhe um gorro preto que cobria a parte superior de seu rosto, de modo que não pudesse enxergar nada, e conduziram-no ao salão da assembleia.

O capuz era realmente muito escuro e sufocante. McMurdo ouvia o murmúrio ao seu redor até que a voz de McGinty ecoou, abafada e distante, através do pano que lhe cobria os ouvidos.

– John McMurdo – disse a voz –, você já é um membro da Antiga Ordem dos Homens Livres?

Ele se inclinou para confirmar.

– Sua Loja é a de número 29, em Chicago?

Inclinou-se novamente.

– Noites escuras são desagradáveis – disse a voz.

– Sim, para estranhos viajarem – ele respondeu.

– As nuvens estão pesadas.

– Sim, uma tempestade se aproxima.

– Os irmãos estão satisfeitos? – perguntou o grão-mestre.

Houve um murmúrio geral de concordância.

– Comprovamos, irmão, pelos sinais, que você é realmente um de nós – disse McGinty. Precisa saber, contudo, que nesta cidade, e em outras da região, temos certos rituais e também deveres específicos que exigem bons homens. Está pronto para ser testado?

– Estou.

– Tem coração forte?

– Tenho.

– Dê um passo à frente para comprovar.

Enquanto McGinty dizia isso, McMurdo sentiu duas pontas à frente de seus olhos, pressionando-os de modo que, lhe parecia, não poderia se mover sem correr o risco de perder a vista. Apesar disso, encheu-se de coragem e deu um passo decidido à frente. Imediatamente, as pontas desapareceram. Ouviram-se aplausos surdos.

– Ele tem o coração forte – disse McGinty. – Você pode suportar a dor?

– Tanto quanto qualquer um – respondeu.

– Testem-no!

Tudo que pôde fazer foi se conter para não gritar, pois uma dor lancinante varou-lhe o antebraço. Quase desmaiou com o choque, mas mordeu o lábio e crispou as mãos para ocultar sua agonia.

– Aguento mais que isso – ele disse.

Desta vez, o aplauso foi sonoro. Nunca houve melhor iniciação na Loja. Mãos batiam em seus ombros, e o capuz foi retirado.

McMurdo ficou piscando e sorrindo entre as felicitações que recebia dos irmãos.

– Uma última palavra, irmão McMurdo – disse McGinty. – Você já fez o juramento de segredo e fidelidade. Está ciente de que a punição para sua quebra é a morte instantânea e inevitável?

– Estou – disse McMurdo.

– E você aceita o comando do grão-mestre sob quaisquer circunstâncias?

– Aceito.

– Então, em nome da Loja 341, de Vermissa, dou-lhe o direito de tomar parte nos privilégios e debates. Coloque a bebida sobre a mesa, irmão Scanlan, e beberemos ao nosso valoroso irmão.

Devolveram o paletó a McMurdo, mas, antes de recolocá-lo, ele examinou o braço direito, que ainda ardia muito. No antebraço havia um círculo contendo um triângulo, fundo e vermelho, como se marcado por um ferro em brasa. Alguns homens próximos arregaçaram as mangas e mostraram suas próprias marcas.

– Todos temos – disse um deles –, mas nem todos foram corajosos como você.

– Deixe disso. Não foi nada – ele disse, embora o braço continuasse a doer e arder.

Com todos os brindes feitos e as bebidas tomadas, os trabalhos da Loja prosseguiram. McMurdo, acostumado apenas aos trabalhos comuns de Chicago, ouvia com muita atenção e mais surpresa do que se aventurava a demonstrar.

– O primeiro assunto de nossa pauta – começou McGinty – é a leitura desta carta do chefe de Divisão Windle, da cidade de Merton, Loja 249. Ele diz: "PREZADO SENHOR, há um trabalho que precisa ser feito com Andrew Rae, da Rae e Sturmash, proprietários de minas de carvão nestas proximidades. Lembrem-se de que sua Loja deve-nos uma retribuição pelos serviços de dois de nossos irmãos no assunto dos policiais, outono passado. Peço-lhe que mande dois homens capazes, que ficarão sob o comando do tesoureiro Higgins, desta Loja, cujo endereço você sabe. Ele dirá a seus homens quando e onde agir. Seu irmão na liberdade, J. W. Windle, C.D.A.O.H.L". Windle jamais se recusou a nos ajudar quando precisamos lhe pedir alguns homens, e não seremos nós a deixá-lo sem ajuda – McGinty fez uma pausa e examinou o salão com seus olhos malévolos e torpes. – Quem seria voluntário para o serviço?

Diversos jovens ergueram as mãos. O grão-mestre sorriu, satisfeito, para eles.

– Você serve, Tigre Cormac. Se se der tão bem como da última vez, não será esquecido. Você também vai desta vez, Wilson.

– Não tenho arma – disse o voluntário, que era apenas um adolescente.

– Seu primeiro serviço, não é? Bem, precisa receber seu batismo de sangue, mais cedo ou mais tarde. Será um grande início para você. Quanto à arma, eles terão uma para você, ou muito me engano. Devem se apresentar na segunda-feira, o que lhes dará tempo suficiente. Serão bem recebidos na volta.

– Alguma recompensa, desta vez? – perguntou Cormac, um jovem de cara fechada e aspecto brutal, cuja ferocidade lhe valera o apelido de Tigre.

– Não pense em recompensa. Faça apenas pela honra. Talvez, quando o serviço estiver feito, haja alguns dólares para vocês.

– O que esse homem fez? – perguntou o jovem Wilson.

– Não cabe a vocês perguntarem. Ele foi julgado por lá. Isso não é da nossa conta. Tudo o que temos de fazer é prestar auxílio, da mesma forma que fariam por nós. E falando nisso, dois irmãos da Loja de Merton vêm, na próxima semana, para executar um servicinho nesta região.

– Quem são eles? – alguém perguntou.

– É melhor não saber. Se você não souber nada, não pode testemunhar, o que lhe evitará problemas. Mas são homens que sabem realizar um serviço limpo quando é a hora.

– E já é hora, mesmo! – exclamou Ted Baldwin. – Tem gente saindo da linha, nesta cidade. Na semana passada, três homens nossos foram despedidos pelo capataz Blaker. Faz tempo que lhe devemos uma resposta, e ele vai receber o que merece.

– Vai receber o quê? – McMurdo perguntou a um homem que estava a seu lado.

– Vai receber uma descarga de escopeta – exclamou ele, soltando uma risada. – Que acha de nossos métodos, irmão?

A alma criminosa de McMurdo parecia já ter absorvido o espírito da associação infame da qual se tornara membro.

– Gosto desses métodos – ele disse. – Esse é um lugar bom para um rapaz de valor.

Vários que estavam à sua volta ouviram e aplaudiram suas palavras.

– O que está acontecendo? – perguntou o grão-mestre, do outro lado da mesa.

– É o novo irmão, senhor, que aprecia nossos métodos.

McMurdo se levantou.

– Devo dizer, venerável chefe, que me sentiria honrado se fosse convocado para ajudar a Loja.

Essas palavras foram bastante aplaudidas. Todos percebiam que um novo astro surgia no horizonte. Alguns dos mais velhos, por outro lado, achavam que o novato estava indo rápido demais.

– Eu sugeriria – disse o secretário Harraway, um velho de barba grisalha e cara de urubu, sentado próximo ao chefe –, que o irmão McMurdo esperasse até que a Loja decidisse empregá-lo.

– Foi isso que eu quis dizer. Estou a seu serviço – respondeu McMurdo.

– Sua hora vai chegar, irmão – disse o chefe. – Já notamos que você é um homem de boa vontade, e acreditamos que fará um bom trabalho nesta região. Esta noite teremos um assunto menor para resolver, e você pode participar, se quiser.

– Posso esperar por algo em que eu seja realmente necessário.

– Pode vir esta noite, de qualquer forma. Isso irá ajudá-lo a entender nossa atuação nesta comunidade. Mais tarde direi do que se trata. Enquanto isso – ele olhou a ordem do dia –, temos mais alguns pontos a discutir. Primeiro, peço ao tesoureiro que resuma nossa situação financeira. Precisamos pensar na viúva do Carnaway, que foi morto a serviço da Loja. Não podemos deixar a mulher desamparada.

– Jim foi morto no mês passado, quando tentava matar Chester Wilcox, de Marley Creek – informaram a McMurdo.

– A situação financeira, neste momento, é boa – falou o tesoureiro, com a caderneta do banco à sua frente. – As empresas têm sido generosas ultimamente. Max Linder & Co. pagaram quinhentos dólares para serem deixados em paz. Os irmãos Walker enviaram cem, que eu devolvi pedindo, também, quinhentos. Se não mandarem notícias até quarta-feira, podem ter problemas com os negócios. Tivemos de queimar o triturador deles, ano passado, para que se tornassem razoáveis. A Companhia de Carvão Seção Oeste já fez sua contribuição anual. Temos o suficiente em caixa para cumprir nossas obrigações.

– E quanto a Archie Swindon? – perguntou um irmão.

– Ele vendeu seu negócio e abandonou a região. O desgraçado deixou um bilhete para nós, dizendo que preferia ser um varredor de ruas livre em Nova York a ser um grande proprietário de minas dominado por uma corja de chantagistas. Por Deus, ele teve sorte de escapar antes que o bilhete chegasse às nossas mãos. Aposto que ele não tem coragem de mostrar as caras neste vale outra vez.

Um homem idoso, bem barbeado, com aspecto gentil, levantou-se na extremidade oposta à do chefe.

– Sr. Tesoureiro – ele começou –, posso indagar quem comprou a propriedade desse homem que foi expulso do distrito?

– Claro, irmão Morris. Foi a State and Merton County Railroad Company.

– E quem comprou as minas de Todman e de Lee, que saíram do mercado da mesma forma, no ano passado?

– A mesma empresa, irmão Morris.

– E quem comprou as siderúrgicas de Manson, de Shuman, de Van Deher e de Atwood, que recentemente desistiram de seus negócios?

– Todas foram compradas pela West Gilmerton General Mining Company.

– Não percebo, irmão Morris – interrompeu o chefe –, que nos importa quem as comprou, desde que não possam carregá-las para fora do distrito.

– Com todo o respeito que lhe é devido, venerável grão-mestre, acho que pode nos importar muito. Esse processo tem ocorrido ao longo dos últimos dez anos. Estamos, aos poucos, expulsando as companhias pequenas do vale. Qual o resultado? Em seus lugares ficam empresas como a Railroad ou a General Iron, cujos diretores ficam em Nova York ou Filadélfia e não ligam a mínima para nossas ameaças. Podemos dominar seus chefes locais, mas esses são substituíveis. Isso está se voltando contra nós, pois os pequenos não representam ameaça. Eles não têm dinheiro ou poder. Assim, se não os apertarmos demais, continuarão sob nosso poder. Mas, se essas grandes empresas acharem que estamos atrapalhando seus negócios, não pouparão despesas nem esforços para nos caçar e levar à justiça.

Essas palavras, terrivelmente sensatas, produziram um grande silêncio na assembleia. Os rostos tornaram-se sombrios e olhares desanimados eram trocados. Durante anos os Vingadores foram tão onipotentes e destemidos que nunca pensaram que um dia poderiam ir longe demais. A simples ideia de serem pegos provocou calafrios até nos mais corajosos.

– Na minha opinião – prosseguiu o velho –, devemos ir com mais calma sobre as empresas pequenas. Porque, no dia em que todas forem expulsas, o poder de nossa Loja estará acabado.

Verdades doloridas não são populares. Exclamações iradas irromperam quando o homem tornou a se sentar. McGinty levantou-se com a cara fechada.

– Irmão Morris – ele disse –, você sempre foi um agoureiro. Enquanto os membros desta Loja permanecerem unidos, não há poder nos Estados Unidos capaz de nos atingir. Já não fomos postos à prova nas cortes da justiça? Creio que as grandes empresas irão preferir pagar a lutar, da mesma forma que as pequenas. E agora, irmãos – McGinty tirou seu barrete de veludo negro e a estola –, os trabalhos desta Loja estão encerrados por hoje, a não ser por um assunto menor que pode ser mencionado ao sairmos. Agora é a hora de nos confraternizarmos na música e na bebida.

A natureza humana é realmente estranha. Lá estavam aqueles homens, acostumados a matar, que por diversas vezes assassinaram pais de família, com quem não tinham qualquer relacionamento. Nunca demonstraram sentimentos, compaixão pela viúva ou mesmo preocupação pelos órfãos que produziram. Mesmo assim, a música podia levá-los às lágrimas. McMurdo tinha uma bela voz de tenor, e, se já não tivesse conquistado a boa vontade de seus irmãos de Loja, o teria feito ao emocioná-los com as canções *I'm Sitting on the Stile, Mary* e *On the Banks of Allan Water*. Na sua primeira noite, o novo recruta fizera-se popular entre os irmãos, que já o imaginavam ocupando altos postos na organização. Havia outras qualidades, contudo, além de ser um bom companheiro, necessárias a um valoroso Homem Livre. Ele teve um exemplo disso antes de a noite acabar. A garrafa de uísque circulava alegremente, deixando os homens animados e prontos para a ação. O grão-mestre se levantou mais uma vez para lhes falar.

– Rapazes – ele começou –, um homem nesta cidade está pedindo uma lição, e vocês devem lhe dar o que pede. Estou falando de James Stanger, do Herald. Já viram como ele tem falado contra nós?

Um murmúrio de anuência passou pelo salão, acompanhado de alguns palavrões. McGinty pegou um recorte de jornal no bolso.

– "Justiça e Ordem!", é como ele começa seu artigo. "Reino de terror no Distrito do Carvão e do Ferro. Doze anos se passaram desde os primeiros assassinatos que provaram a existência de uma organização criminosa entre nós. Desde então, esses ultrajes nunca cessaram, até que eles nos colocaram num buraco que é uma desonra para o mundo civilizado. É para chegarmos a isso que nossa grande nação acolhe em seu seio os estrangeiros que fogem dos despotismos europeus? Para que se tornem tiranos das mesmas pessoas que lhes ofereceram abrigo? Para que um estado de terrorismo e falta de ordem seja estabelecido na sombra da bandeira estrelada da liberdade, situação que nos causaria horror se soubéssemos existir nas mais corruptas monarquias do Oriente? Os homens são conhecidos. A organização é pública e aberta. Por quanto tempo teremos de suportar isso? Poderemos viver... " – Chega! Já li muito deste lixo! – gritou o chefe, jogando o jornal sobre a mesa. – Isso é o que fala de nós. A pergunta que faço a vocês é: o que faremos com ele?

– Vamos matá-lo! – gritaram diversas vozes enfurecidas.

– Protesto contra isso – disse irmão Morris, o velho de feições gentis. – Digo-lhes, irmãos, que nossa mão está muito pesada neste vale e que chegará o momento em que todos se unirão contra nós, para se defenderem. James Stanger é um homem idoso, respeitado na cidade e em toda a região. Seu jornal representa tudo o que é tradicional no vale. Se tal pessoa for morta, haverá comoção no Estado, que só terminará com nossa destruição.

– E como se dará nossa destruição, Sr. Medroso? – gritou McGinty. – Por meio da polícia? Metade dela come na nossa mão e a outra metade tem pavor de nós. Ou será por intermédio da justiça? Já não fomos levados aos tribunais antes? E o que aconteceu?

– Há esse juiz Lynch, que pode querer abrir processo contra nós – disse o inspetor Morris.

Um coro de protestos acolheu essa sugestão.

– Só preciso erguer um dedo – gritou McGinty – para colocar duzentos homens dentro desta cidade e varrê-la totalmente. Escute aqui, irmão Morris – continuou McGinty, elevando a voz e franzindo duas enormes sobrancelhas negras numa terrível careta. – Estou de olho em você há algum tempo. Além de ser um medroso, tenta tirar a coragem dos outros. Será um péssimo dia para você, irmão Morris, quando seu nome estiver na ordem do dia. E estou pensando se não é hora de colocá-lo!

Morris ficou pálido como um cadáver e seus joelhos pareceram derreter quando caiu sentado na cadeira. Com a mão trêmula, levou o copo aos lábios e tomou um gole antes de poder responder.

– Peço perdão, venerável grão-mestre, ao senhor e a todos os irmãos da Loja se eu disse mais do que devia. Sou um membro fiel, todos sabem disso, e é somente meu temor de que algo de mal possa acontecer à Loja que faz com que eu me expresse dessa forma. Mas tenho mais confiança nas suas decisões do que nas minhas, venerável grão-mestre, e prometo nunca mais ofendê-lo.

Ao ouvir essas palavras humildes, o chefe desanuviou sua carranca.

– Muito bem, irmão Morris. Seria eu quem mais sofreria se precisássemos lhe dar uma lição. Mas, enquanto estiver nesta cadeira, nossa Loja estará unida, na palavra e nos atos. E agora, rapazes ele continuou –, vou dizer só isto: se Stanger sofrer o castigo completo, vamos arrumar mais problemas do que precisamos. Esses jornalistas são unidos e todos os jornais do Estado gritariam pedindo polícia e tropas. Mas acho que podemos dar-lhe um aviso bem claro. Você cuida disso, irmão Baldwin?

– Claro! – disse o jovem, ansioso.

– Quantos vai levar?

– Meia dúzia, mais dois para vigiarem a porta. Podem vir Gower, Mansel, Scanlan e os dois Willabys.

– Prometi ao novo irmão que ele iria.

Ted Baldwin olhou para McMurdo com uma expressão que deixava claro que ele não esquecera nem perdoara.

– Bem, ele pode vir, se quiser – disse, afinal, em tom hostil. – É o suficiente. Quanto antes partirmos, melhor.

A assembleia dissolveu-se entre gritos e trechos de músicas, tudo regado a bebida. O bar de McGinty continuava cheio de clientes, e lá ficaram muitos dos irmãos. O grupo destacado para a ação ganhou a rua, andando em duplas pela calçada para não provocar suspeitas. A noite estava muito fria, com uma meia-lua brilhando no céu estrelado. Os homens pararam e se reuniram num terreno defronte a um edifício. As palavras "Vermissa Herald" estavam impressas em dourado entre as janelas iluminadas. De fora podia-se ouvir o ruído das máquinas impressoras.

– Ei, você – Baldwin chamou McMurdo –, fique aqui embaixo na porta para ver se a rua está tranquila para nós. Arthur Willaby fica com você. Os outros vêm comigo. Não tenham medo, rapazes, pois temos uma dúzia de testemunhas que estão conosco no bar do sindicato neste exato momento.

Era quase meia-noite e a rua estava deserta, a não ser por um ou outro noctívago voltando para casa. O grupo atravessou a rua e, abrindo a porta da redação, Baldwin e seus homens correram escada acima. Da sala de cima chegou um grito, um pedido de socorro, e depois chegaram sons de pisoteios e cadeiras caindo. Logo depois, um homem grisalho apareceu correndo escada abaixo, mas foi agarrado antes de poder ir muito longe, e seus óculos caíram, tilintando, aos pés de McMurdo. Houve um baque e um gemido. Stanger estava caído de bruços enquanto meia dúzia de bastões golpeavam-no. Ele se contorcia enquanto seus membros, longos e finos, tremiam com os golpes. Finalmente, os atacantes pararam de bater. Menos Baldwin, que, com o rosto exibindo um sorriso diabólico, continuava golpeando a cabeça do homem, que tentava se proteger, em vão, com os braços. Logo seu cabelo grisalho estava manchado de sangue. Baldwin continuava abaixado sobre sua vítima, colocando golpes sempre que via uma parte desguarnecida, quando McMurdo correu para o pé da escada e o segurou.

– Você vai matá-lo! – ele disse. – Pare com isso!

Baldwin olhou para ele espantado.

– Dane-se você! – gritou. – Quem pensa que é para interferir... você que é novo na Loja? Afaste-se! – ele ergueu o bastão, mas McMurdo sacou o revólver do coldre.

– Afaste-se você – exclamou. – Leva um tiro pela cara se encostar em mim. Quanto à Loja, o grão-mestre não deu ordens para que não matássemos o homem? E o que você está tentando fazer?

– Ele tem razão – disse um dos outros.

– Por Deus, é melhor se apressarem – gritou o homem na porta. – Todas as janelas da rua estão se acendendo e logo a cidade inteira vai estar aqui.

Realmente, ouviam-se gritos na rua, enquanto um grupo de tipógrafos e compositores, na outra sala, deliberava se deveria ir em auxílio ao jornalista. Deixando o corpo machucado e imóvel de Stanger ao pé da escada, os criminosos correram para a rua. Ao chegarem ao bar do sindicato, alguns deles se misturaram com a multidão, cochichando para o chefe que o serviço fora feito. Outros, entre eles McMurdo, saíram por ruas laterais, voltando para suas casas.

Capítulo IV

O Vale do Terror

Quando McMurdo acordou, na manhã seguinte, tinha bons motivos para se lembrar da iniciação na Loja. Sua cabeça doía, por causa da bebida, e o braço, onde fora marcado, estava inchado e ardendo. Tendo sua própria fonte de renda, McMurdo aparecia no serviço quando queria, de modo que tomou café da manhã tarde e permaneceu em casa pelo resto da manhã, escrevendo uma longa carta para um amigo. Depois, leu o *Daily Herald*. Uma coluna especial, escrita às pressas, tinha a manchete: "Ultraje na Redação do Herald. Editor seriamente machucado". Era um relato breve dos fatos sobre os quais ele próprio conhecia mais que o jornalista. O artigo terminava com uma declaração:

"O assunto está, agora, nas mãos da polícia. Mas não se pode esperar que seus esforços terão melhores resultados do que no passado. Alguns dos agressores foram reconhecidos e há esperanças de que se possa conseguir um indiciamento. A responsável pelo ultraje, é desnecessário dizer, foi aquela organização infame que mantém esta comunidade como sua refém há tanto tempo e contra a qual o *Herald* tem batalhado. Os muitos amigos do Sr. Stanger ficarão felizes por saber que, embora ele tenha sido cruel e brutalmente espancado, recebendo sérios ferimentos na cabeça, não corre perigo de vida".

Abaixo vinha a informação de que um destacamento da Polícia do Carvão e do Ferro, armada de rifles Winchester, fora requisitada para defender a Redação do jornal.

McMurdo colocara o jornal de lado e estava acendendo o cachimbo com sua mão trêmula devido aos excessos da noite anterior quando ouviu uma batida na porta. Sua senhoria trouxe-lhe um bilhete que fora entregue por um garoto. Não tinha assinatura e dizia o seguinte:

"Gostaria de lhe falar, mas é melhor não fazê-lo na sua casa. Encontre-me junto ao mastro da bandeira na Colina Miller. Venha depressa, pois tenho algo que é do seu interesse ouvir e do meu em contar".

McMurdo leu o bilhete duas vezes, extremamente surpreso, pois não imaginava o que poderia significar ou quem o escrevera. Se a letra fosse de mulher, imaginaria ser esse o começo de uma aventura, como tantas que vivera no passado. Mas era letra de homem, e de alguém bem instruído. Finalmente, depois de alguma hesitação, decidiu-se a ver do que se tratava aquilo.

A Colina Miller é um parque público muito mal cuidado, bem no centro da cidade. No verão é um local de lazer apreciado pelas pessoas, mas no inverno é bastante deserto. Lá de cima, pode-se ver não apenas toda a imunda cidade, mas também o vale tortuoso lá embaixo, com as minas e fábricas que escurecem a neve branca que o cobre dos dois lados, bem como os cumes que o circundam, alguns verdejantes e outros esbranquiçados. McMurdo subiu vagarosamente a trilha tortuosa e cercada por arbustos, até chegar ao restaurante deserto, que no verão é o centro das diversões. Ao lado deste estava o mastro sem bandeira, e ao seu pé, um homem com o chapéu cobrindo a face e o colarinho do casaco erguido. Quando levantou a cabeça, McMurdo viu que se tratava do irmão Morris, que na noite anterior incorrera na ira do grão-mestre. Eles trocaram os sinais da Loja ao se verem.

– Queria falar-lhe, Jack McMurdo – disse o velho, falando com uma hesitação que evidenciava a delicadeza do assunto. – Foi gentil, de sua parte, ter vindo.

– Por que não assinou o bilhete?

– Precisamos ser cautelosos. Em tempos como estes, não se sabe em quem se pode confiar.

– Acredito que os irmãos da Loja são confiáveis.

– Não, não, nem sempre! – exclamou Morris, veemente. – Tudo o que dizemos, e até o que pensamos, parece chegar àquele homem, McGinty.

– Escute aqui – disse McMurdo, sério –, ontem à noite jurei fidelidade ao nosso grão-mestre. Você está me pedindo para eu quebrar meu juramento?

– Se é assim que você vê a situação – disse Morris, com tristeza –, só posso lhe dizer que sinto muito por ter feito você vir até aqui. As coisas estão realmente más quando dois cidadãos livres não podem conversar sobre suas ideias.

McMurdo, atento a seu interlocutor, relaxou diante de sua última afirmação.

– Bem, eu falo por mim mesmo – disse. – Sou recém-chegado,

como você sabe, e ainda não conheço nada. Acho que não devo abrir minha boca, mas se você, Morris, quer me dizer algo, estou aqui para ouvi-lo.

– E contar para o chefe McGinty – Morris disse, azedo.

– Você está sendo injusto comigo – exclamou McMurdo. – Eu sou leal à Loja, e digo-lhe isso claramente. Mas eu seria um miserável se repetisse para qualquer pessoa algo que você me pedir segredo. Saberei mantê-lo, embora, talvez, possa dizer-lhe que discordo.

– Já desisti de obter ajuda ou compreensão – disse Morris. – Posso estar colocando minha vida em suas mãos pelo que vou dizer, mas, ainda que seja mau, e ontem pareceu querer ficar entre os piores, sua consciência não pode estar tão endurecida quanto a deles. Por isso pensei em falar com você.

– Muito bem, o que tem para dizer?

– Se me entregar, que uma maldição caia sobre você!

– Já falei que não vou fazer nada disso.

– Pergunto, então, se quando ingressou na Sociedade dos Homens Livres, em Chicago, e jurou seus votos de caridade e fidelidade, passou pela sua cabeça que estava ingressando numa vida de crimes?

– Se chama isso de crime… – respondeu McMurdo.

– Chamar de crime! – exclamou Morris, com a voz vibrando de emoção. – Ainda não viu nada, se chamar de qualquer outra coisa. Não foi crime, noite passada, bater num homem velho o suficiente para ser seu pai, até que o sangue jorrasse de sua cabeça branca? Se não foi crime, que nome você daria?

– Alguns diriam que estamos numa guerra – disse McMurdo. – Uma guerra de classes, em que cada um bate como pode.

– Bem, pensou nisso quando entrou na Sociedade dos Homens Livres, em Chicago?

– Não, realmente não.

– Nem eu, quando ingressei nela em Filadélfia. Era apenas uma instituição beneficente, um lugar para encontrar os amigos. Então ouvi falar deste lugar, maldita seja a hora em que esse nome chegou aos meus ouvidos!, e vim para tentar melhorar de vida. Minha mulher e três filhos vieram comigo. Comecei com uma mercearia na Praça do Mercado e prosperei muito. Espalhou-se pela cidade que eu era um Homem Livre e fui forçado a entrar na Loja daqui, como você o fez na noite passada. Tenho o distintivo da vergonha no antebraço, e algo pior marcado no coração. Descobri que estava sob as ordens de um marginal perigoso, metido numa organização criminosa. O que eu podia fazer? Cada palavra que dizia, para tentar abrandar as coisas, era tomada como traição, igual à noite de ontem. Não posso fugir, pois tudo o que tenho no mundo é minha loja. Sei que abandonar a Sociedade significa morte para mim e sabe Deus o quê para minha mulher e meus filhos. Meu amigo, é terrível, terrível! – Morris escondeu a cabeça nas mãos e começou a soluçar.

McMurdo deu de ombros.

– Você é muito mole para esse serviço – disse. – Não é durão o suficiente para isso.

– Eu tinha uma consciência e uma religião, mas me transformaram num criminoso. Fui escolhido para um serviço. Sabia o que aconteceria comigo se não o executasse. Talvez eu seja um covarde. Talvez o fato de pensar na minha esposa e nas crianças me enfraquece. De qualquer modo, fui fazer o que me mandaram. E acho que essa lembrança vai me assombrar para sempre. Era uma casa isolada, a vinte milhas daqui, bem longe. Mandaram que eu ficasse na porta, como fizeram com você, ontem. Não podiam confiar a execução a mim. Os outros entraram. Quando saíram, suas mãos estavam vermelhas até o pulso. Quando fugimos, saiu da casa uma criança chorando. Era um garoto de cinco anos que vira o pai ser assassinado. Quase desmaiei, horrorizado, mas, ainda assim, tinha que manter um sorriso perverso, pois sabia que, se não o fizesse, minha casa seria a próxima a ser visitada, e seria, então, meu pequeno Fred a estar chorando por seu pai. Tornei-me, então, um criminoso, cúmplice de assassinato, perdido para sempre neste mundo e também no próximo. Sou um bom católico, mas o padre não fala mais comigo desde que soube que eu era um Vingador. Fui excomungado de minha fé. Essa é minha situação. Vejo que vai pelo mesmo caminho, e pergunto-lhe onde isso vai parar. Você está pronto para se tornar um assassino de sangue frio, ou podemos fazer algo para interromper essa loucura?

– O que você faria? – perguntou McMurdo, abruptamente. – Vai delatar a Sociedade?

– Deus me livre! – exclamou Morris. – Seria morto só de pensar nisso.

– Melhor assim – disse McMurdo. – Estou achando que você é um fraco, que faz muito barulho por nada.

– Muito barulho! Espere até passar algum tempo por aqui. Olhe para o vale. Veja como a nuvem formada por uma centena de chaminés cobre tudo. Pois digo-lhe que uma sombra assassina, ainda mais espessa e pesada, paira sobre a cabeça das pessoas. Este é o Vale do Terror, o Vale da Morte. O medo vive no coração das pessoas, vinte e quatro horas por dia. Aguarde, meu jovem, e verá por si mesmo.

– Bem, vou lhe dizer o que penso quando conhecer melhor a situação – disse McMurdo, despreocupado. – O que está claro, para mim, é que você não é homem para esse negócio. Quanto antes vender suas coisas e cair fora, melhor. Ainda que consiga um décimo do que vale sua loja, será melhor para você. O que você me disse está a salvo comigo. Mas se descobrir que é um delator...

– Não, não! – exclamou Morris, desesperado.

– Então vamos deixar a coisa assim. Vou ter em mente o que me contou, e talvez um dia volte a lhe procurar. Espero que tenha me falado de boa fé. Agora vou para casa.

– Só mais uma coisa, antes que vá – disse Morris. – Talvez tenham nos visto juntos. Podem querer saber o que conversamos.

– Ah, bem pensado.

– Eu lhe ofereci um emprego na loja.

– E eu recusei. Foi disso que falamos. Até mais, irmão Morris. Que o futuro lhe seja mais alegre.

Naquela mesma tarde, McMurdo estava fumando, absorto, em sua sala de estar, ao lado da lareira, quando a porta se abriu e a figura enorme do chefe McGinty entrou. Trocaram sinais e ele, sentando-se de frente para o jovem, encarou-o durante algum tempo. McMurdo devolveu-lhe o olhar firme.

– Não sou muito de fazer visitas, irmão McMurdo – disse, finalmente. – Acho que as pessoas que me visitam já me mantêm muito ocupado. Mas pensei que seria bom dar um pulo até aqui e vê-lo em sua própria casa.

– Fico orgulhoso de recebê-lo, vereador – McMurdo respondeu, feliz, trazendo a garrafa de uísque. – É uma honra que eu não esperava.

– Como está o braço? – perguntou o chefe.

McMurdo fez uma careta.

– Ainda incomoda um pouco, mas valeu a pena.

– Sim, vale a pena – respondeu McGinty –, para aqueles que são leais e ajudam a Loja. Sobre o quê você e o irmão Morris conversaram na Colina Miller, esta manhã?

A pergunta veio tão repentina que foi bom McMurdo já ter a resposta preparada. Ele soltou uma gargalhada.

– Morris não sabia que eu ganho meu pão aqui em casa. E é melhor assim, pois tem muita consciência para o meu gosto. Mas é um sujeito bem-intencionado. Pensou que eu estivesse numa pior e que seria gentil em me oferecer um emprego na sua loja.

– Ah, foi isso?

– Foi.

– E você recusou?

– Claro. Não posso ganhar dez vezes mais na minha própria casa trabalhando só quatro horas por dia?

– Acho que sim. Mas não me tornaria muito próximo de Morris.

– Por quê?

– Porque estou lhe dizendo. Essa é razão suficiente para a maioria das pessoas por aqui.

– Pode ser para a maioria das pessoas, mas não para mim, vereador – disse McMurdo, valente. – Se é um conhecedor de pessoas, sabe disso.

O gigante moreno encarou McMurdo, enquanto sua manzorra peluda fechou-se ao redor do copo, como se se preparasse para arremessá-lo contra a cabeça do outro. Então, ele riu, à sua maneira ruidosa e pouco sincera.

– Você é uma figura e tanto – disse o chefe. – Mas se você quer razões, vou lhe dar. Morris falou algo contra a Loja?

– Não.

– Nem contra mim?

– Não.

– Então é porque ainda não confia em você. Mas, no fundo, não é um irmão leal. Sabemos disso, por esse motivo o observamos e esperamos a hora certa para puni-lo. Penso que o momento está se aproximando. Não há lugar para ovelhas manhosas em nosso rebanho. Entretanto, se você for amigo de uma pessoa desleal, será visto como desleal também. Percebe?

– Não há possibilidade de me tornar amigo dele, pois não gosto desse sujeito – respondeu McMurdo. – Quanto a ser desleal, se fosse outro homem, que não você, não repetiria o que disse.

– Está bem, então – disse McGinty, secando o copo. – Vim para lhe aconselhar e foi o que fiz.

– Gostaria de saber – disse McMurdo –, como ficou sabendo que falei com Morris.

McGinty riu.

– É minha função saber o que acontece nesta cidade – ele disse. – Saiba que ouço tudo e vejo tudo. Preciso ir, mas antes quero dizer que...

Sua frase foi interrompida pela súbita abertura da porta, que deu passagem a três cabeças carrancudas e cobertas por bonés da polícia. McMurdo pulou de pé e começou a sacar sua arma, quando percebeu que dois rifles Winchester estavam apontados para seu rosto. Um homem de uniforme entrou na sala, apontando-lhes um revólver. Era o capitão Marvin, que já fora de Chicago e agora estava na Polícia do Carvão e do Ferro. Ele balançou a cabeça, sorrindo ironicamente para McMurdo.

– Imaginei que estivesse se metendo em encrencas, Sr. Bandido McMurdo, de Chicago – ele disse. – Não consegue ficar limpo, consegue? Pegue seu chapéu e nos acompanhe.

– Vai pagar por isso, capitão Marvin – disse McGinty. – Quem pensa que é, para invadir a casa de alguém dessa forma, perturbando cidadãos honestos e cumpridores da lei?

– Você está fora desta, vereador McGinty – disse o capitão. – Não estamos atrás de você, mas sim de McMurdo. Cabe-lhe nos ajudar, e não nos atrapalhar no cumprimento do dever.

– Ele é meu amigo e respondo por sua conduta – disse o chefe.

– Um dia desses, Sr. McGinty, vai ter de responder por sua própria conduta – respondeu o capitão. – McMurdo já era um bandido antes de chegar e continua assim. Cubra-me, patrulheiro, enquanto o desarmo.

– Aqui está minha pistola – disse McMurdo, calmamente. – Talvez, capitão Marvin, se estivéssemos sozinhos, cara a cara, não me levasse tão facilmente.

– Onde está a ordem de prisão? – perguntou McGinty. – Por Deus, tanto faz viver na Rússia ou em Vermissa, enquanto a polícia tiver homens como você! Esse é um ultraje patrocinado pelos capitalistas, e você vai sofrer as consequências, eu prometo.

– Cumpra seu dever da melhor forma que puder, vereador. Nós cumpriremos o nosso.

– Do que estou sendo acusado? – perguntou McMurdo.

– De envolvimento na agressão ao velho Sr. Stanger, editor do *Herald*. Não foi por seu mérito que esta não é uma acusação de assassinato.

– Se isso é tudo que tem contra ele – exclamou McGinty, rindo –, pode poupar um monte de dor de cabeça para si mesmo. Este homem esteve jogando pôquer comigo no meu bar até a meia-noite. Posso lhe arrumar mais uma dúzia de testemunhas quanto a isso.

– Isso é com você. De qualquer forma, as testemunhas devem se apresentar na corte, amanhã. Quanto a você, McMurdo, venha em paz, se não quiser levar uma coronhada na cabeça. E nos dê passagem, Sr. McGinty, pois não aceito resistências quando estou cumprindo meu dever.

O capitão estava tão determinado que tanto McMurdo quanto o chefe foram forçados a aceitar a situação. Este ainda conseguiu sussurrar algumas palavras para o prisioneiro antes que o levassem.

– E quanto a... – sinalizou para a máquina de falsificação.

– Está tudo certo – murmurou McMurdo, que já providenciara um esconderijo no soalho.

– Até logo – disse o chefe, apertando-lhe a mão. – Vou falar com Reilly, o advogado, e providenciarei sua defesa. Dou-lhe minha palavra de que não conseguirão mantê-lo preso.

– Eu não apostaria nisso – disse o capitão. – Vocês dois, vigiem o prisioneiro. E atirem, se ele tentar alguma gracinha. Vou dar uma busca na casa antes de ir.

Foi o que Marvin fez, mas não conseguiu achar a máquina. Quando desceu, ele e seus homens escoltaram McMurdo até o quartel-general. A noite descera e o vento soprava, de modo que as ruas estavam quase desertas, a não ser por alguns desocupados que, encorajados pela escuridão, xingavam o prisioneiro.

– Linchem o maldito Vingador! – gritavam. – Linchem-no!

Riram e fizeram pouco de McMurdo quando este foi levado para a cadeia. Depois de uma vistoria formal pelo policial de plantão, ele foi levado para uma cela, onde encontrou Baldwin e outros três criminosos que participaram do ataque ao *Herald*. Todos foram presos naquela tarde e aguardavam a audiência na manhã seguinte.

No entanto, até dentro daquela fortaleza da justiça a grande influência dos Homens Livres conseguiu penetrar. Tarde da noite, um carcereiro apareceu com um fardo de palha, em cima do que deveriam dormir. Desse fardo ele tirou duas garrafas de uísque, alguns copos e um maço de cartas. Os homens passaram a noite se divertindo, sem se preocupar com o que enfrentariam pela manhã.

E não precisariam mesmo, como o resultado demonstrou. O juiz não pôde, diante dos testemunhos, instaurar um processo. Os compositores e tipógrafos tiveram de admitir não terem certeza quanto à identidade dos agressores, devido à iluminação precária e à própria conturbação do momento, embora acreditassem que os criminosos estavam entre os acusados. Interrogados pelo inteligente advogado que McGinty contratara, mostraram-se ainda mais confusos. A vítima, Stanger, declarou que fora pego de surpresa e não podia afirmar nada além de que o primeiro homem a agredi-lo tinha bigode. Acrescentou que sabia se tratarem de Vingadores, pois ninguém mais naquela comunidade lhe tinha como inimigo, e que já fora ameaçado por seus editoriais. Por outro lado, conforme demonstraram os depoimentos precisos e coesos de seis cidadãos, incluindo um representante da legislatura municipal, o vereador McGinty, os acusados estiveram jogando cartas na sede do sindicato até muito depois da hora em que foi cometida a agressão. É desnecessário dizer que as acusações foram retiradas com um pedido de desculpas, por parte da corte, pelo constrangimento a que os acusados foram submetidos, juntamente com uma censura ao capitão Marvin e à polícia por seu excesso de zelo.

O veredicto foi comemorado com aplausos por uma audiência na qual McMurdo viu muitos rostos familiares. Irmãos da Loja sorriam e acenavam. Havia outras pessoas, porém, cujos rostos ficaram sombrios ao verem aqueles homens saírem do banco dos réus. Um deles, pequeno e decidido, de barba negra, expressou os pensamentos de seus companheiros quando os ex-prisioneiros passaram por ele.

– Malditos assassinos – exclamou. – Ainda vamos pegá-los.

Capítulo V

O Pior Momento

Se ainda era necessário que a popularidade de Jack McMurdo aumentasse entre seus "rapazes", isso aconteceu com sua prisão e absolvição. Que um homem, na mesma noite de sua iniciação na Loja fizesse algo que o levasse diante do juiz, era um recorde para entrar nos anais da Sociedade. Ele já conquistara a reputação de bom companheiro, bom copo e valente, do tipo que não leva desaforo para casa, nem mesmo do chefe. Mas, além disso, impressionou seus camaradas com a ideia de que, entre eles, havia alguém capaz de arquitetar planos sanguinários e executá-los. "Ele é o homem do 'serviço limpo'", diziam os mais velhos, esperando pela oportunidade de colocá-lo em ação. McGinty já tinha seus agentes, mas sabia que McMurdo era uma joia rara. Sentia-se como um homem que segura um cão feroz na coleira. Outros podiam executar serviços menores, mas chegaria o dia em que o colocaria atrás da presa certa. Alguns membros da Loja, entre eles Baldwin, ressentiam-se da subida rápida do novato, odiando-o por isso, e mantinham-se longe dele, que era conhecido por ser tão bom de briga como era bom companheiro.

Enquanto crescia em consideração dos amigos, contudo, McMurdo decaía em outra área, que lhe importava mais. O pai de Ettie Shafter não queria mais conversa com ele, nem lhe permitia entrar na casa. Já Ettie estava muito apaixonada para esquecê-lo, mas seu bom senso a alertava do que seria casar com um homem conhecido como criminoso. Certa manhã, após uma noite em claro, ela estava determinada a vê-lo, possivelmente pela última vez, para realizar um esforço no sentido de afastá-lo das más influências que o arrastavam. Ela foi até a casa em que estava hospedado, como inúmeras vezes McMurdo lhe pedira, e entrou no quarto que ele usava como sala de estar. Ele estava sentado à mesa, de costas para a porta, diante de uma carta. Ettie sentiu vontade de fazer uma brincadeira – afinal, tinha só dezenove anos. Ele não a ouvira abrir a porta. A moça se aproximou na ponta dos pés e colocou uma mão no ombro do rapaz.

Se ela queria assustá-lo, com certeza conseguiu, mas só para se assustar também. Pulando como um tigre, ele se virou para ela, ao mesmo tempo que sua mão direita fechava-se na garganta da moça. Enquanto isso, sua outra mão amassava o papel que tinha diante de si. Ficaram se olhando por um momento. Então, confusão e alegria substituíram a ferocidade que arrebatara sua expressão – uma ferocidade que fez com que Ettie se horrorizasse, pois nunca presenciara algo assim em sua vida tranquila.

– É você! – ele disse, enxugando o suor da testa. – E pensar que, quando você vem até mim, não faço nada melhor do que tentar estrangulá-la! Venha, querida – ele a pegou pelos braços –, por favor, me desculpe.

Mas ela ainda não se recuperara do choque que sofrera ao perceber a culpa expressa nos olhos daquele homem. Seu instinto feminino lhe dizia que aquela reação não era de simples surpresa. Culpa, isso sim, culpa e medo.

– O que há de errado com você, Jack? – ela exclamou. – Por que ficou tão assustado? Ah, Jack, se sua consciência estivesse tranquila, não teria olhado para mim daquele jeito.

– Eu estava pensando em outras coisas, e quando você veio na surdina, com seus pezinhos de fada...

– Não, não! Foi mais que isso, Jack – uma suspeita tomou conta dela. – Deixe-me ver a carta que estava escrevendo.

– Ah, Ettie, não posso fazer isso.

Sua suspeita virou certeza.

– É para outra mulher! – ela gritou. – Eu sabia. Senão, por que não me deixaria ver? Estava escrevendo para sua mulher? Como vou saber que não é casado, você, um estranho que ninguém conhece!

– Não sou casado, Ettie. Eu juro. Para mim, você é a única mulher no mundo. Pelo sangue de Cristo, eu juro!

Ele pareceu tão sincero em sua declaração apaixonada que ela só pôde acreditar.

– Bem – ela continuou –, então por que não quer me mostrar a carta?

– Vou lhe dizer, querida – explicou Jack –, estou sob juramento de não revelar seu conteúdo, e, da mesma forma que nunca quebraria minha palavra dada a você, tenho de manter uma promessa que fiz. É assunto da Loja, que deve ser segredo até para você. E se me assustei quando uma mão tocou meu ombro, compreende que é porque poderia ser a mão de um policial?

A moça percebeu que ele falava a verdade e aceitou seu abraço, afastando com beijos seus temores e dúvidas.

– Sente-se aqui. É um trono desajeitado para minha princesa, mas é o melhor que seu pobre apaixonado pode conseguir. Talvez eu consiga melhorar de vida, isso não é impossível. Agora você já está mais tranquila, certo?

– Como posso estar tranquila, Jack, quando sei que você é um criminoso no meio de outros criminosos, quando não sei se algum dia estará no banco dos réus sendo julgado por assassinato? McMurdo, o Vingador. Foi assim que um dos hóspedes chamou você, ontem. Isso atravessou meu coração como uma faca.

– Ora, palavras machucam mas não matam.

– Mas era verdade!

– Querida, não é tão ruim como você pensa. Somos apenas homens pobres tentando fazer valer nossos direitos.

Ettie passou seus braços ao redor do pescoço do namorado.

– Pare com isso, Jack! Por mim, ou por Deus, pare com isso! Foi para lhe pedir isso que vim até aqui. Oh, Jack, peço-lhe de joelhos. Ajoelhando-me diante de você imploro que desista disso.

Ele a ergueu, fazendo com que se acalmasse trazendo-lhe a cabeça de encontro ao peito.

– Minha querida, você não sabe o que está me pedindo. Como posso desistir, quando isso significaria quebrar meu juramento e desertar de meus camaradas? Se pudesse saber em que pé estou, jamais me pediria isso. Além do que, se eu o quisesse, como faria? Não acredita que a Loja permitisse que alguém se fosse levando todos os seus segredos?

– Pensei nisso, Jack. Já planejei tudo. Papai economizou algum dinheiro. Ele está cansado deste lugar, onde o medo paira sobre nossas vidas. Ele está disposto a partir. Poderíamos fugir juntos para a Filadélfia ou Nova York, onde estaríamos a salvo deles.

McMurdo riu.

– A Loja tem um braço comprido. Acha que não o estenderia até a Filadélfia ou Nova York?

– Bem, vamos então para o Oeste, ou para a Inglaterra. Ou Suécia, de onde veio papai. Qualquer lugar serve para escaparmos deste Vale do Terror.

McMurdo lembrou-se do velho irmão Morris.

– Ora, esta é a segunda vez que ouço chamarem o vale dessa forma – ele disse. – Realmente parece que o medo pesa mais sobre alguns de vocês.

– Ele escurece cada momento de nossas vidas. Acha que Ted Baldwin nos perdoou? Se não fosse por temer você, o que acha que nos aconteceria? Vejo em seus olhos escuros e perigosos!

– Por Deus! Se o pegar olhando assim para você, ensino-lhe boas maneiras! Mas compreenda, querida, que não posso partir. Não posso. Aceite isso de uma vez por todas. Se me permitir, vou arrumar um modo de sair dessa com honra.

– Não há honra nenhuma nisso!

– Bem, é assim que você vê a coisa. No entanto, se me der seis meses, vou trabalhar de modo que possa partir sem ficar envergonhado de olhar os outros de frente.

A garota riu de alegria.

– Seis meses! – exclamou – Promete?

– Bem, pode ser sete ou oito. Contudo, dentro de um ano, no máximo, estaremos deixando o vale para trás.

Foi tudo o que Ettie conseguiu, mas já era alguma coisa. Uma luz no fim do túnel iluminava o presente sombrio. Ela voltou para sua casa com a alma mais aliviada do que jamais estivera desde que Jack McMurdo entrara em sua vida.

Quanto a ele, pensava que, como membro, logo conheceria o funcionamento da Sociedade. Descobriu, porém, que a organização era muito maior e mais complexa do que a simples Loja. Mesmo o chefe McGinty ignorava muitas coisas, pois havia um delegado regional, em Hobson's Patch, bem adiante na ferrovia, que comandava diversas Lojas de modo arbitrário e violento. McMurdo só o viu uma vez, um homenzinho grisalho de andar furtivo e olhar sorrateiro, carregado de maldade. Seu nome era Evans Pott e mesmo o grande chefe de Vermissa sentia o mesmo misto de repulsa e medo que o enorme Danton deve ter sentido pelo pequeno mas perigoso Robespierre[2].

Um dia, Scanlan, companheiro de pensão de McMurdo, recebeu um bilhete de McGinty, anexado a outro de Evans Pott, que lhe informava estar mandando dois homens valentes, Lawler e Andrews, com ordens para agir na região, e que seria melhor não revelar os objetivos dessa missão. O grão-mestre tomaria as providências necessárias relativas à hospedagem e aos demais cuidados para esses rapazes até que pudessem entrar em ação. McGinty acrescentava que seria impossível manter alguém em segredo na sede do sindicato e que, portanto, ficaria agradecido se McMurdo e Scanlan arrumassem vagas para os forasteiros em sua pensão.

Na mesma noite os dois chegaram, cada um carregando uma mochila. Lawler era mais velho, esperto e discreto. Isso, mais o ve-

---

[2] Georges Jacques Danton (1759-1794), um dos líderes da Revolução Francesa, guilhotinado. Maximilien Robespierre (1758-1794), líder jacobino na Revolução Francesa, guilhotinado.

lho casaco preto, o chapéu mole de feltro e a barba, cheia e grisalha, conferiam-lhe um aspecto de pregador itinerante. Seu companheiro, Andrews, era pouco mais que um garoto e tinha uma expressão espontânea e alegre, parecendo um menino que está viajando de férias e quer aproveitar cada minuto. Os dois eram totalmente abstêmios e comportavam-se como dois membros exemplares da Sociedade, a não ser pelo fato de que eram alguns dos mais eficientes assassinos a serviço dessa associação do crime. Lawler já atuara em catorze missões desse tipo e Andrews em três.

Conforme McMurdo logo descobriu, gostavam de falar sobre seus feitos passados, que contavam com orgulho, como se tivessem prestado um valoroso e desprendido serviço à comunidade. Eram reticentes, contudo, quanto ao próximo trabalho.

– Escolheram nós dois porque nem eu nem o garoto bebemos. – Lawler explicou. – Sabem que nós não falamos mais do que devemos. Não levem a mal, mas devemos obedecer às ordens do delegado regional.

– Claro, estamos todos juntos nisso – disse Scanlan, enquanto os quatro jantavam.

– É verdade. Podemos falar, até vocês cansarem, da morte de Charlie Williams ou de Simon Bird, ou qualquer serviço passado. Mas, até que este termine, não diremos nada.

– Existe pelo menos uma meia dúzia, nesta cidade, a quem eu gostaria de ensinar uma liçãozinha – disse McMurdo, xingando. – Vocês não vão pegar Jack Knox, de Ironhill, vão? Gostaria de vê-lo receber o que merece.

– Não, ainda não é ele.

– Então é Herman Strauss?

– Não, também não.

– Bem, se você não quer contar, não podemos forçá-lo, mas eu bem que gostaria de saber.

Lawler sorriu e balançou a cabeça. Ele não abriria a boca.

Apesar da reticência dos hóspedes, Scanlan e McMurdo estavam determinados a comparecer ao que chamavam de "diversão". Portanto, quando, certo dia pela manhã, McMurdo ouviu-os descendo as escadas na ponta dos pés, acordou Scanlan. Os dois vestiram-se rapidamente e descobriram que os outros dois haviam saído sorrateiramente, deixando até a porta aberta. Ainda não amanhecera, e pela luz dos lampiões podiam ver os homens a certa distância, na rua. Foram seguindo-os com cuidado, sem fazer barulho no chão coberto de neve.

A pensão ficava próxima ao limite da cidade. Logo, portanto, eles estavam em um entroncamento de estradas, já na zona rural. Lá, três homens os esperavam. Lawler e Andrews travaram uma conversa rápida e ansiosa com os estranhos. Então, todos continuaram a jornada. Devia ser um serviço grande, para precisar de tanta gente. Chegaram a um ponto de onde saíam diversas trilhas, conduzindo a várias minas. Os assassinos tomaram a que levava à Colina Crow, um grande empreendimento controlado por mãos de ferro, que, graças a seu destemido e ativo gerente, vindo da Nova Inglaterra, Josiah H. Dunn, conseguira manter certa ordem e disciplina durante aquele longo reinado de terror.

O dia estava nascendo, e uma fila de funcionários seguia lentamente para o trabalho, isolados ou em grupos, pela trilha encardida.

McMurdo e Scanlan entraram e misturaram-se nessa fila, sem perder de vista os homens que seguiam. Uma neblina espessa os encobria, e do meio dela ecoou o apito de vapor, indicando que faltavam dez minutos para que os elevadores descessem e um novo dia de trabalho começasse.

Quando chegaram à área em volta do poço da mina, encontraram cerca de cem mineiros esperando, batendo os pés e soprando as mãos, pois o frio era intenso. Os "rapazes" ficaram em grupo junto à casa de máquina. Scanlan e McMurdo subiram num monte de entulho, de onde se podia observar toda a cena. Eles viram o engenheiro de minas, um grandalhão barbudo escocês chamado Menzies, sair da casa de máquina e fazer soar o apito para que os elevadores começassem a descer. No mesmo instante, um jovem alto e robusto, sem barba no rosto, avançou rapidamente para a beira do poço. Enquanto se aproximava, reparou no grupo silencioso e inerte. Os homens haviam tirado o chapéu e erguido o colarinho, para esconder o rosto. O gerente sentiu a morte pousando sua mão fria sobre seu coração. Depois, afastou essa sensação e foi cumprir seu dever com relação aos intrusos.

– Quem são vocês? – perguntou, aproximando-se. – Por que estão aí parados?

Não houve resposta. Apenas Andrews, o garoto, deu um passo à frente e disparou-lhe um tiro no estômago. Uma centena de mineiros pararam, imóveis, como que paralisados. O gerente levou as duas mãos ao ferimento e se dobrou. Então, tentou se afastar, cambaleando, mas outro dos assassinos atirou e ele caiu de lado, contorcendo-se sobre um monte de resíduos de carvão. Menzies, o escocês, ao ver o que acontecera, soltou um rugido de ódio e, empunhando uma barra de feno, correu para os estranhos. Entretanto, foi detido por duas balas no rosto e caiu morto. Alguns mineiros correram para os assassinos, gritando de raiva e indignação, mas dois pistoleiros descarregaram suas armas acima das cabeças da multidão, que se dispersou, alguns deles fugindo para suas casas em Vermissa. Quando alguns dos mais corajosos voltaram à mina, os invasores já haviam desaparecido na neblina matinal, sem que qualquer das pessoas presentes pudesse testemunhar quanto à identidade deles, apesar de terem cometido homicídio duplo na frente de cem espectadores.

Scanlan e McMurdo tomaram o caminho de volta. Scanlan estava um pouco abatido, pois aquele fora o primeiro assassinato que ele presenciara, e o serviço lhe pareceu menos “divertido” do que lhe haviam feito acreditar. Os horríveis gritos da mulher do gerente morto acompanharam os dois até a cidade. McMurdo estava compenetrado e quieto, embora não demonstrasse simpatia pelo amolecimento do colega.

– Ora, é uma guerra – ele repetia. – O que é isso senão uma guerra entre nós e eles? Nós devolvemos da melhor forma o que nos fazem.

À noite, houve uma grande comemoração no salão da Loja, na sede do sindicato. E não apenas pelas mortes do gerente e do engenheiro da Mina Colina Crow, o que alinharia essa empresa com as outras chantageadas e aterrorizadas do distrito, mas também por uma missão triunfante desempenhada por agentes da própria Loja. Revelou-se que, quando o delegado regional enviou aqueles cinco homens para fazer o serviço em Vermissa, ele exigiu, em troca, que três membros daquela cidade fossem mandados para matar William Rales, de Stake Royal, um dos mais conhecidos e populares proprietários de minas do distrito de Gilmerton. Esse era um homem que acreditava não ter um inimigo sequer no mundo, pois era um empregador padrão. Insistia, porém, que seus funcionários fossem eficientes. Assim, dispensou alguns bêbados e vadios, que eram, contudo, membros da sociedade todo-poderosa. Avisos fúnebres pendurados em sua porta não abalaram sua resolução. Foi dessa forma que ele, cidadão de um país livre e civilizado, se viu condenado à morte.

A execução fora levada a cabo. Ted Baldwin, esparramado no assento de honra, ao lado do grão-mestre, chefiara a expedição. Seu rosto corado e os olhos injetados demonstravam falta de sono e excesso de bebida. Ele e dois rapazes passaram a noite anterior nas montanhas. Estavam desalinhados e sujos. Mas poucos heróis, voltando de missões impossíveis, teriam recepção mais calorosa de seus camaradas. A aventura foi contada e recontada entre gritos de prazer e gargalhadas. Esperaram que a vítima voltasse para casa à noite, tocaiados em cima de uma colina íngreme, sobre o caminho por onde o pobre homem passaria a cavalo. Ele estava tão encapotado que nem conseguiu alcançar seu revólver. Os Vingadores arrancaram-no de cima do animal e dispararam-lhe vários tiros.

Nenhum deles conhecia o morto, mas um assassinato sempre é complicado, e eles demonstraram aos colegas de Gilmerton que podiam confiar nos irmãos de Vermissa. Houve contratempos, pois um homem e sua mulher apareceram enquanto eles esvaziavam seus revólveres no corpo inerte. Pensaram em matar o casal, mas tratavam-se de pessoas inofensivas, que nada tinham a ver com as minas. Assim, apenas os advertiram, severamente, a continuar no caminho e manter silêncio, ou algo de terrível lhes aconteceria. O cadáver sangrento foi deixado como aviso para os empresários valentes, e os três nobres Vingadores fugiram para as montanhas, onde tem início natureza indomada, além das fornalhas e das montanhas de detritos.

Aquele fora um grande dia para os Vingadores. A sombra do terror escurecia ainda mais o vale. Contudo, como um general sábio que escolhe o momento da vitória para redobrar seus esforços, de modo que o inimigo não consiga se recuperar após o desastre, o chefe McGinty, examinando seu cenário de operações com intenções malignas, planejou um novo ataque a seus opositores. Naquela mesma noite, enquanto a companhia semiembriagada se dispersava, ele puxou McMurdo pelo braço e o levou àquela saleta onde tiveram sua primeira conversa.

– Ouça bem, meu rapaz – ele disse. – Finalmente tenho uma tarefa à sua altura. A execução está em suas mãos.

– Fico orgulhoso por isso – McMurdo respondeu.

– Leve dois homens com você, Manders e Reilly. Eles já sabem do serviço. Nunca estaremos sossegados neste distrito até que Chester Wilcox seja pacificado. Você será saudado por todas as Lojas da região carbonífera se acabar com ele.

– Darei o melhor de mim. Quem ele é e onde o encontramos?
McGinty tirou da boca seu eterno charuto, meio mascado, meio fumado, e fez um desenho tosco numa página tirada de seu caderno.

– Ele é o principal capataz da Companhia Iron Dyke. Um sujeito durão, foi sargento porta-bandeira na guerra, todo cicatrizes e cabelos grisalhos. Já fizemos duas tentativas contra ele, sem sucesso. Jim Carnaway perdeu a vida numa delas. Agora é sua vez. Esta McGinty apontou seu desenho – é a casa, isolada na encruzilhada Iron Dyke, sem nada por perto numa distância que se possa ouvir um tiro. Não é bom tentar de dia. Ele anda armado e atira rápido e certeiro, sem fazer perguntas. Mas, à noite... fica lá, com sua mulher, três filhos e uma empregada. Não dá para escolher. Ou acaba com todos ou com nenhum. Se você pudesse colocar um saco de explosivo na porta da frente, com um pavio...

– O que esse homem fez?

– Não lhe disse que matou Jim Carnaway?

– E por que o matou?

– E que diabos isso lhe interessa? Carnaway estava perto de sua casa, à noite, e levou um tiro. É o bastante para mim e para você. Precisamos dar o troco.

– Existem as crianças e as duas mulheres. Vamos acabar com elas também?

– Claro que sim, senão, como vamos pegá-lo?

– Parece injusto com elas, pois não fizeram nada de errado.

– Que conversa é essa, agora? Está dando para trás?

– Calma, vereador, calma. Já fiz ou falei algo que o fizesse supor que eu não cumpriria uma ordem do grão-mestre de minha Loja? Se está certo ou errado é você que decide.

– Vai fazer o serviço, então?

– Claro que sim.

– Quando?

– Bem, preciso de uma noite ou duas para estudar a casa e planejar minha ação. Depois...

– Muito bem – disse McGinty, apertando-lhe a mão. – Deixo com você. Será um grande dia, quando nos der a boa nova. Será o golpe final, que os deixará de joelhos.

McMurdo pensou bastante sobre a missão que recebera. A casa isolada em que Chester Wilcox vivia ficava a oito quilômetros, num vale ao lado. Naquela mesma noite, sozinho, começou a se preparar para o atentado. Já era dia quando ele voltou do reconhecimento. No dia seguinte reuniu-se com seus dois subordinados, Manders e Reilly, jovens irresponsáveis, tão animados como se estivessem se preparando para caçar animais. Duas noites depois, os três se encontraram na saída da cidade, todos armados e um deles carregando um saco de explosivos usados em mineração. Às duas da manhã eles chegaram à casa solitária. Ventava muito, e nuvens passavam velozmente na frente da lua crescente. Eles foram avisados para tomar cuidado com cães de guarda. Assim, avançavam com atenção, segurando as pistolas engatilhadas. Não havia, porém, nenhum som, a não ser o uivo do vento, e nenhum movimento, exceto pelos galhos das árvores. McMurdo se aproximou da porta e procurou ouvir ruídos. Tudo estava quieto lá dentro. Então, depositou o saco de explosivos contra a porta, fez um buraco nele com uma faca e enfiou o pavio. Após acendê-lo, ele e seus colegas saíram correndo, até encontrarem abrigo a uma distância segura, de onde ouviram o fragoroso estrondo da explosão, seguido pelo rangido acanhado da casa se desmantelando, que lhes indicava estar concluído o serviço. Nenhum serviço mais "limpo" já fora registrado nos sangrentos anais da Sociedade. Infelizmente, trabalho tão bem organizado e corajosamente executado de nada serviu! Alertado pelo destino de várias vítimas, e sabendo que estava marcado para morrer, Chester Wilcox mudara-se, com a família, um dia antes para local mais seguro e desconhecido, onde teria proteção policial. A explosão destruíra apenas uma casa vazia, e o velho sargento porta-bandeira continuou disciplinando os mineiros de Iron Dyke.

– Deixem comigo – disse McMurdo. – Ele é meu e vou pegá-lo, ainda que precise esperar um ano.

Um voto de confiança foi aprovado unanimemente pela Loja, o que sossegou o assunto na ocasião. Quando, poucas semanas depois, os jornais noticiaram que Wilcox fora morto numa emboscada, todos souberam que aquilo fora obra de McMurdo, que finalmente concluíra sua tarefa.

Esses eram os métodos da Sociedade dos Homens Livres e esses eram os feitos dos Vingadores, que espalhavam a lei do terror pelo grande e rico distrito que, há tanto tempo, vivia assombrado pela terrível presença dos irmãos. Por que continuaríamos a descrever mais desses crimes, sujando estas páginas? Já não dissemos o suficiente para caracterizar os homens e suas ações? Esses atos estão nas páginas da História, e existem registros nos quais se podem ler detalhes do acontecido. Lá, pode-se ler sobre o assassinato dos policiais Hunt e Evans, que se arriscaram a prender dois membros da Sociedade – foi um ultraje, planejado na Loja de Vermissa e executado a sangue-frio contra dois homens desarmados. Nos registros policiais pode-se ficar sabendo também do assassinato da Sra. Larbey enquanto ela cuidava de seu marido, espancado quase até a morte por ordem do chefe McGinty. Houve também a morte do velho Jenkins, seguida pela de seu irmão, e a mutilação de James Murdoch, o extermínio da família Staphouse e o assassinato dos Stendals. Todos esses crimes se seguiram no mesmo e assustador inverno. A sombra, cada vez mais negra, cobria o Vale do Terror. A primavera chegara com os riachos descongelando e as árvores florescendo. Havia esperança na natureza, mas não para os homens e mulheres que viviam sob o signo do medo. Nunca a nuvem que pairava sobre eles fora tão negra e sem esperanças como no início do verão de 1875.

Capítulo VI

Perigo

O REINADO do terror chegara ao auge. McMurdo, que já fora nomeado mestre, tinha todas as chances de substituir McGinty como grão-mestre. Ele se tornara tão necessário nas reuniões de seus camaradas que nada era feito sem sua ajuda ou opinião. Quanto mais popular ele se tornava entre os Homens Livres, contudo, piores eram as carrancas que o encaravam quando ele passava pelas ruas de Vermissa. Apesar do medo, os cidadãos começavam a criar coragem para se unirem contra seus opressores. Chegaram rumores, na Loja, de que reuniões secretas aconteciam no escritório do *Herald* e que armas estavam sendo distribuídas aos cidadãos. Mas McGinty e seus homens não se abalavam com essas notícias. Eles eram numerosos, decididos e bem armados. Seus oponentes eram desunidos e impotentes. Tudo terminaria, como no passado, em conversa mole e algumas prisões inúteis. Assim diziam McGinty, McMurdo e todos os outros durões.

Era uma noite de sábado de maio. Sábado sempre havia reunião da Loja, e McMurdo saía de casa para ir ao sindicato quando Morris, o irmão fraco da Ordem, veio vê-lo. Sua testa estava franzida de preocupação e seu rosto gentil mostrava medo.

– Posso lhe falar livremente, irmão McMurdo?

– Claro.

– Não posso me esquecer que abri meu coração para você, uma vez, e manteve segredo, mesmo quando o próprio chefe veio lhe perguntar a respeito.

– Que mais eu podia fazer se me pediu segredo? Isso não quer dizer que eu concordei com o que disse.

– Sei bem disso. Mas é com você que posso falar em segurança. Tenho um segredo comigo – ele colocou a mão no peito –, que está me queimando por dentro. Preferia que qualquer outro, que não eu, soubesse. Se eu contar, acontecerá um assassinato, com certeza. Entretanto, se nada disser, isso pode significar o fim de todos nós. Deus me ajude, pois estou quase entrando em pânico.

McMurdo olhou para o homem, interessado. Morris tremia todo. O jovem serviu-lhe um copo de uísque.

– Este é um bom remédio para sujeitos como você – ele disse. – Agora conte-me essa história.

Morris bebeu, e um pouco de cor lhe subiu às faces.

– Posso lhe contar tudo numa frase: há um detetive em nossa pista.

McMurdo olhou para ele, pasmo.

– Ora, homem, está louco! – disse. – Este lugar não está cheio de policiais e detetives? E o que puderam fazer conosco até agora?

– Não, não. Ele não é deste distrito. Conhecemos os daqui e sabemos que nada podem fazer, como você disse. Mas já ouviu falar da Pinkerton?

– Li alguma coisa.

– Pode acreditar em mim que não é brincadeira ter esse pessoal nos calcanhares. Não é gente do governo. É uma empresa terrivelmente séria, que busca resultados não importa como e não desiste até obtê-los. Se um homem da Pinkerton estiver envolvido, estamos acabados.

– Temos de matá-lo.

– Ah, essa é a primeira ideia que lhe ocorre! Então será a mesma coisa na Loja. Não disse que terminaria em assassinato?

– E daí, o que tem demais? Não é comum nesta região?

– Com certeza, mas não serei eu a apontar o homem que vai morrer. Nunca mais ficaria em paz. Por outro lado, nós estamos ameaçados. O que, em nome de Deus, devo fazer? – em sua aflição, Morris se balançava para frente e para trás.

Suas palavras, porém, afetaram McMurdo profundamente. Era fácil ver que ele partilhava da mesma opinião quanto ao perigo e à necessidade de enfrentá-lo. McMurdo agarrou Morris pelos ombros e chacoalhou-o.

– Ouça, homem – exclamou, quase num silvo, de tão agitado –, não vai conseguir nada se lamentando como uma velha. Vamos aos fatos. Quem é o homem? Onde ele está? Como soube dele? Por que veio me procurar?

– Vim procurá-lo porque só você me ouviria. Disse-lhe que tinha uma loja no Leste antes de vir para cá. Deixei amigos lá. Um deles trabalha no serviço telegráfico. Veja a carta que recebi dele ontem. Leia a parte de cima você mesmo.

Foi isso que McMurdo leu:

"Como os Vingadores estão se saindo por aí? Lemos bastante a respeito deles nos jornais. Cá entre nós, vamos ter notícias em breve. Cinco grandes corporações e as duas estradas de ferro estão levando o assunto muito a sério. Pode apostar que eles vão conseguir o que querem. Estão se empenhando a fundo nisso. A Pinkerton foi contratada, e seu melhor homem, Birdy Edwards, está envolvido. A coisa tem de parar imediatamente".

– Agora leia o pós-escrito.

"É claro que isto que estou lhe contando fiquei sabendo no meu emprego, de modo que lhe peço para não espalhar a notícia. Há um grande número de telegramas cifrados com os quais temos de lidar todos os dias sem entender o significado."

McMurdo ficou sentado, em silêncio, durante algum tempo com a carta nas mãos. A névoa se dissipara e ele via o abismo diante de si.

– Alguém mais sabe disto? – perguntou.

– Não contei a mais ninguém.

– Mas esse sujeito, seu amigo, ele não conhece mais ninguém a quem escreveria a respeito?

– Bem, acho que ele conhece mais uma ou duas pessoas nesta região.

– Da Loja?

– Possivelmente.

– Pergunto porque talvez ele tenha dado alguma descrição desse Birdy Edwards. Então poderíamos tentar descobri-lo.

– É possível. Não acredito que ele o conheça. Na carta ele cita apenas o que ficou sabendo em função da profissão. Por que ele conheceria esse agente da Pinkerton?

McMurdo estremeceu.

– Meu Deus! – exclamou. – Já sei quem é. Que tolo eu fui em não perceber. Deus, estamos com sorte! Vamos acabar com ele antes que possa nos fazer mal. Ouça, Morris, vai deixar isso nas minhas mãos?

– Claro, se tirar das minhas!

– É o que farei. Pode deixar comigo. Nem o seu nome precisa ser mencionado. Vou assumir toda a responsabilidade e dizer que a carta chegou para mim. Está bom assim para você?

– É só o que peço.

– Então deixe comigo e mantenha a boca fechada. Agora vou para a Loja, mas logo esse agente da Pinkerton vai lamentar ter vindo para estas bandas.

– Você vai matá-lo?

– Quanto menos souber, caro Morris, mais tranquila ficará sua consciência e melhor você poderá dormir. Não faça perguntas e deixe que as coisas se ajustem. Agora está em minhas mãos.

Morris balançou a cabeça tristemente, enquanto saía.

– Já sinto o sangue dele em minhas mãos – gemeu.

– Legítima defesa não é crime, de qualquer forma – disse McMurdo, sorrindo tenebrosamente. – Ou ele ou nós. Acredito que ele nos destruiria a todos, se for deixado livre por muito tempo no vale. Ora, irmão Morris, teremos de elegê-lo grão-mestre, pois salvou a Loja.

Ficou claro, contudo, através das atitudes de McMurdo, que ele levava o assunto mais a sério que suas palavras permitiam supor. Talvez fosse sua consciência pesada, ou a reputação da agência Pinkerton, ou ainda o fato de que as grandes corporações estavam determinadas a se livrar dos Vingadores. Qualquer que fosse a razão, suas ações foram a de um homem que se preparava para o pior. McMurdo destruiu todos os documentos e papéis que pudessem incriminá-lo antes de sair de casa. Depois disso deu um longo suspiro de satisfação, pois lhe pareceu que estava em segurança. Mesmo assim, ainda sentia algum perigo, e, no caminho para a Loja, parou na pensão do velho Shafter, que lhe proibira entrar na casa. Quando bateu na janela, Ettie saiu para vê-lo. A desenvoltura irlandesa desaparecera dos olhos do namorado. A moça viu o perigo estampado em seu rosto.

– Algo aconteceu! – exclamou. – Oh, Jack, você está em perigo!

– Ora, meu amor, não é tão grave. Mesmo assim, talvez seja melhor fazermos algo antes que a situação piore.

– Fazer o quê?

– Eu lhe prometi, certa vez, que um dia iríamos embora. Acho que a hora está chegando. Recebi uma notícia esta noite, uma notícia ruim, e acho que vamos ter problemas.

– Polícia?

– Bem, um agente da Pinkerton. Talvez você não saiba o que é isso, querida, nem o que pode significar para alguém como eu. Estou muito envolvido em todo esse negócio e talvez tenha de fazer algo rapidamente. Você disse que viria comigo, quando eu me fosse.

– Oh, Jack! Isso seria sua salvação.

– Sou honesto em algumas coisas, Ettie. Não partiria um fio de cabelo dessa sua deliciosa cabecinha por nada deste mundo. Também não faria nada que pudesse tirá-la do trono de ouro, acima das nuvens, em que sempre vi você. Confia em mim?

Ela colocou sua mão na dele sem dizer nada.

– Então ouça o que vou lhe dizer e faça o que eu mandar, pois é a única forma de sairmos dessa. Esse vale vai sofrer uma chacoalhada. Posso sentir isso claramente. Muitos de nós vão ter de se virar, e eu sou um deles. Se tiver que fugir, seja dia ou noite, você precisa vir comigo!

– Irei atrás de você, Jack.

– Não! Você tem de vir *comigo*. Se o vale se tornar inviável para mim, e eu nunca mais puder voltar, e talvez até esteja me escondendo da polícia, como vou deixá-la para trás, sem sequer poder receber mensagens suas? Você deve vir comigo. Conheço uma boa mulher no lugar de onde venho, e é lá que eu lhe deixaria até podermos casar. Você virá comigo?

– Claro, Jack, eu irei!

– Deus abençoe sua confiança em mim. Que o diabo me leve se eu abusar dela. Agora preste atenção, Ettie: quando for a hora, vou entrar em contato com você, de alguma forma. Largue tudo o que estiver fazendo e vá para a sala de espera da estação. Fique lá até eu me encontrar com você.

– De dia ou de noite, Jack, irei assim que você chamar.

Um pouco mais aliviado, agora que suas preparações para a fuga tinham começado, McMurdo foi para a Loja. A assembleia já havia se iniciado, e ele só conseguiu entrar trocando sinais complicados com os guardas de fora e de dentro. Um rumor de satisfação e boas vindas saudou-o quando entrou. O salão estava repleto. Através da fumaça de cigarros e charutos, ele pôde ver o cabelão preto do grão-mestre, as feições nada amistosas e cruéis de Baldwin, o rosto de urubu de Harraway, o secretário, e mais uma dúzia dos líderes da Loja. McMurdo alegrou-se por constatar que todos estavam presentes, pois assim poderiam deliberar sobre as notícias que trazia.

– Ora, estamos felizes de vê-lo, irmão! – exclamou o presidente. – Estamos discutindo um assunto que precisa de uma decisão salomônica.

– São Lander e Egan – explicou seu vizinho de cadeira, quando se sentou. – Os dois querem a recompensa que a Loja ofereceu pela cabeça do velho Crabbe, em Stylestown. Como vamos saber quem disparou a bala mortal?

McMurdo levantou-se e ergueu a mão. Sua expressão congelou a todos, produzindo um silêncio ansioso.

– Venerável mestre – ele disse, com voz solene. – Peço urgência.

– Irmão McMurdo pede urgência – disse McGinty. – Pelas regras da Loja, esse é um pedido que tem prioridade. Pode falar, irmão.

McMurdo pegou a carta em seu bolso.

– Venerável mestre e irmãos – ele começou –, hoje sou o portador de más notícias. É melhor que sejam conhecidas e discutidas do que recebamos, de surpresa, um golpe que pode nos destruir a todos. Fui informado de que as organizações mais ricas e poderosas deste Estado se uniram para nos destruir, e que, neste momento, há um detetive da Pinkerton, um certo Birdy Edwards, trabalhando neste vale para reunir evidências que poderão colocar uma corda no pescoço de muitos de nós e enviar para a cadeia todos os homens desta sala. Esse é o assunto para o qual pedi urgência.

O salão foi tomado por um silêncio mortal, quebrado pelo presidente.

– Que provas tem sobre isso, irmão McMurdo? – ele perguntou.

– Esta carta que recebi – disse McMurdo, lendo em voz alta o trecho importante. – Para mim é uma questão de honra não dar maiores detalhes sobre a carta, nem deixá-los vê-la. Garanto-lhes, porém, que não há mais nada que possa afetar os interesses da Loja. Estou lhe expondo tudo o que sei da situação.

– Deixe-me dizer, presidente – disse um dos irmãos mais velhos –, que já ouvi falar de Birdy Edwards. Ele é famoso por ser o melhor agente a serviço da Pinkerton.

– Alguém sabe como ele é? – perguntou McGinty.

– Sim – disse McMurdo –, eu sei.

Um murmúrio de espanto percorreu o salão.

– Acredito que poderemos pegá-lo – McMurdo continuou, com um sorriso exultante. – Se agirmos sábia e rapidamente, podemos cortar o mal pela raiz. Se vocês confiarem em mim e me ajudarem, pouco teremos a temer.

– O que temos a temer, afinal? O que ele pode descobrir sobre nós?

– Teria razão, vereador, se todos fôssemos fortes como você. Mas esse Birdy tem os milhões de dólares dos capitalistas atrás de si. Acha que não existe algum irmão fraco, em todas as Lojas da região, que possa ser comprado? Ele conseguirá nossos segredos, talvez já tenha obtido alguns. Só há um remédio definitivo.

– Não deixá-lo sair do vale. Nunca – disse Baldwin.

McMurdo concordou, com um movimento de cabeça.

– Muito bem, irmão Baldwin – ele disse. – Temos nossas diferenças, mas hoje estamos de acordo.

– Onde ele está, afinal? Como vamos reconhecê-lo?

– Venerável mestre – disse McMurdo, sério –, proponho que este assunto seja declarado muito importante para ser discutido em Loja aberta. Deus sabe que não duvido de nenhum dos presentes, mas, se qualquer palavra chegar aos ouvidos desse homem, isso arruinará nossas chances de pegá-lo. Peço, Sr. presidente, que a Loja escolha um comitê responsável, formado pelo senhor, se posso sugerir os nomes, pelo irmão Baldwin e mais cinco. Então falarei abertamente sobre o que sei e sobre o que acho que deveria ser feito.

A proposta foi imediatamente aprovada e o comitê escolhido. Além do presidente e de Baldwin, estavam nele: o secretário cara de urubu Harraway, o jovem e brutal assassino Tigre Cormac, o tesoureiro Carter e os irmãos Willaby, dois homens destemidos e encarniçados.

A tradicional festividade da Loja foi curta e desanimada, pois uma nuvem de preocupação pairava sobre todos. Muitos percebiam, pela primeira vez, a sombra vingadora da lei vagando pelo céu que os abrigara por tanto tempo. Os horrores que impingiam aos outros pareciam tão normais em suas vidas que nunca lhes ocorrera a ideia de que poderiam, um dia, ter de pagar pelo que fizeram. Os rapazes saíram mais cedo, naquela noite, deixando seus líderes reunidos.

– Comece, McMurdo – disse McGinty, quando só o comitê permanecia na Loja. Os sete homens estavam imóveis em seus lugares.

– Eu disse que conhecia Birdy Edwards – McMurdo explicou. – Não preciso lhes dizer que ele não está usando esse nome. É um homem corajoso, mas não é louco. Tem se apresentado como Steve Wilson e está hospedado em Hobson's Patch.

– Como sabe?

– Porque aconteceu de eu conversar com ele. Não dei muita atenção ao fato na hora, nem teria pensado mais nisso se não fosse pela carta que recebi. Mas tenho certeza de que é ele. Conheci-o no trem, quarta-feira, quando fui a Hobson's Patch. Caso complicado, aquele. Ele disse que era jornalista. Acreditei nele. Queria saber tudo o que fosse possível sobre os Vingadores e o que chamou de "ultrajes" para uma matéria no *New York Press*. Fez-me todos os tipos de perguntas para conseguir algo para o jornal. Podem estar certos de que eu não lhe disse nada demais. "Vou lhe pagar e pagar bem", ele disse, "se puder arrumar algo que agrade meu editor." Inventei coisas que, imaginei, fossem interessantes para ele, que me deu uma nota de vinte dólares. "Pode ganhar dez vezes isso", ele prometeu, "se me der o que preciso."

– E o que você lhe disse, afinal?

– O que consegui inventar na hora.

– E como você sabe que ele não é mesmo um jornalista?

– Vou lhes contar. Ele saltou em Hobson's Patch e eu também. Aconteceu de eu entrar no telégrafo no momento em que ele saía. "Olhe isto", disse o telegrafista, "acho que deveríamos cobrar em dobro por isto." "Acho que sim", eu disse. O tal jornalista tinha preenchido o formulário com rabiscos que pareciam chinês, pois não entendíamos nada. "Ele envia uma folha destas todos os dias", disse o operador. "Sei", eu disse, "são notícias para seu jornal, e ele não quer que os concorrentes descubram suas novidades." Foi o que eu e o telegrafista pensamos naquele momento, mas, agora, já penso diferente.

– Por Deus, acho que tem razão! – disse McGinty. – O que você acha que devemos fazer?

– Por que não vamos lá agora mesmo e acabamos com ele? – alguém sugeriu.

– Isso, quanto mais cedo, melhor.

– Eu já estaria lá, se soubesse onde encontrá-lo – disse McMurdo. – Sei que está em Hobson's Patch, mas não sei em que casa. Tenho um plano, contudo, se quiserem me ouvir.

– Fale logo.

– Vou até lá amanhã de manhã. Encontro-o com a ajuda do operador. Imagino que ele saiba onde encontrar esse Birdy. Então, vou até ele e digo-lhe que sou um Homem Livre. Ofereço-lhe os segredos da Loja por um preço. Aposto que ele vai aceitar. Digo-lhe que os documentos estão na minha casa, e que não deve ir lá enquanto as pessoas possam ver, pois minha vida estaria em risco. Ele vai morder a isca. Vamos combinar às dez da noite, para que ele veja tudo. Aí nós o pegamos.

– E então?

– O resto vocês mesmos podem planejar. A casa da viúva MacNamara é isolada. Ela é confiável como aço e surda como uma porta. Além dela, apenas eu e Scanlan moramos na casa. Se conseguir acertar com Birdy, e aviso vocês assim que o fizer, estejam todos lá às nove. Aí, é só esperar ele chegar. Bem, ele vai precisar de muita sorte para sair de lá vivo.

– Ou estou muito enganado ou vai surgir uma vaga na Pinkerton – disse McGinty. – Deixe estar, McMurdo. Amanhã, às nove da noite, estaremos com você. Uma vez que fechar a porta atrás dele, deixe o resto conosco.

Capítulo VII

A Armadilha para Birdy Edwards

Como disse McMurdo, a casa em que morava era isolada e muito adequada ao crime que eles haviam planejado. Ficava, realmente, nos limites da cidade e afastada da estrada. Se o caso fosse outro, eles simplesmente chamariam a vítima, como já fizeram muitas vezes, e esvaziariam seus revólveres em seu corpo. Desta vez, contudo, era necessário descobrir quanto ele sabia, como ficou sabendo e o que já reportara a seus superiores. Era possível que eles estivessem atrasados e que o trabalho de Birdy Edwards já estivesse concluído. Se fosse o caso, eles poderiam ao menos se vingar. Mas os irmãos esperavam que o detetive ainda não soubesse de nada muito importante, pois, do contrário, não teria se dado ao trabalho de anotar as informações banais que McMurdo lhe dera. No entanto, queriam ouvir isso da boca do próprio Edwards. Quando ele estivesse dominado, arrumariam um jeito de fazê-lo falar. Não seria a primeira vez que lidariam com alguém não disposto a colaborar.

McMurdo foi a Hobson's Patch conforme o combinado. A polícia parecia interessada nele, naquela manhã, pois o capitão Marvin – que disse conhecê-lo desde seus tempos de Chicago – interpelou-o enquanto esperava na estação. McMurdo deu-lhe as costas, recusando-se a falar com ele. Ao voltar de sua missão, à tarde, foi falar com McGinty na sede do sindicato.

– Ele virá, esta noite – informou McMurdo.

– Ótimo – disse McGinty. O gigante estava sem paletó. Correntes e enfeites brilhavam por todo seu amplo colete e um diamante faiscava por entre a barba cerrada. Bebida e política fizeram do chefe um homem rico e poderoso. Portanto, ainda mais terrível lhe parecera a perspectiva de prisão ou forca anunciada na noite anterior.

– Acha que ele sabe de muita coisa? – perguntou McGinty, ansioso.

McMurdo balançou a cabeça, preocupado.

– Ele já está aqui há algum tempo... seis semanas, no mínimo.

Acho que ele não veio para esta cidade para admirar a paisagem. Trabalhando há tanto tempo, com todo o dinheiro da ferrovia por trás, imagino que já obteve seus resultados e que já os passou adiante.

– Não há traidores na Loja – exclamou McGinty. – Totalmente confiáveis, cada um deles. A não ser aquele rato do Morris. E quanto a ele? Se alguém nos entregou, só pode ser ele. Estou pensando se não devemos mandar, agora mesmo, dois de nossos rapazes para que lhe deem uma surra e vejam se conseguem arrancar alguma coisa dele.

– Se isso não ajudar, também não atrapalha – respondeu McMurdo. – Não nego, porém, que simpatizo com Morris e ficaria triste de vê-lo se machucar. Ele já falou comigo uma ou duas vezes, sobre assuntos da Loja, e, embora não tenha nossa personalidade, nunca me pareceu um delator. De qualquer forma, não serei eu a me colocar entre vocês.

– Vou acabar com o infeliz – disse McGinty, xingando. – Faz tempo que estou de olho nele.

– Bem, você sabe dessas coisas melhor que eu – respondeu McMurdo. – O que quer que você faça, contudo, deve ficar para amanhã, pois não podemos espantar o agente da Pinkerton. Não queremos a polícia indo me procurar em casa justamente hoje.

– É verdade – concordou McGinty. – E vamos saber com o próprio Birdy Edwards de quem ele conseguiu suas informações, nem que tenhamos de lhe arrancar o coração. Pareceu, a você, que ele pressentiu alguma armadilha?

McMurdo riu.

– Acho que peguei seu ponto fraco – disse. – Por uma boa pista dos Vingadores, ele iria a qualquer lugar. E ainda ganhei dinheiro – McMurdo sorriu ao mostrar um maço de dólares – e a promessa de outro tanto quando ele vir todos os meus documentos.

– Que documentos?

– Ora, não há documentos! Contei-lhe apenas sobre constituições, livros de regras e fichas de membros. Ele está crente que vai saber de tudo antes de a noite terminar.

– E vai mesmo! – disse McGinty, com maldade. – Ele perguntou por que você não levou os documentos pela manhã?

– Como se eu andasse por aí com essas coisas, sendo um suspeito e com o capitão Marvin me interrogando hoje mesmo na estação!

– Eu soube disso – disse McGinty. – Temo que a culpa toda desse negócio caia sobre você. Poderíamos jogá-lo em algum poço abandonado depois de matá-lo. Entretanto, precisamos explicar que o homem morava em Hobson's Patch e você foi visto lá, hoje.

McMurdo deu de ombros.

– Se fizermos a coisa da maneira certa, eles nunca poderão provar que o sujeito morreu. Ninguém conseguirá vê-lo se dirigindo à minha casa após anoitecer, e garanto que ninguém o verá saindo. Agora, preste atenção, vereador. Vou lhe contar meu plano e pedir para todos obedecê-lo. Vocês chegarão na hora combinada. Muito bem. Edwards vem às dez. Ele deve bater três vezes para eu abrir a porta. Então, vou ficar atrás dele para trancá-la. Aí, ele é nosso.

– Fácil e simples.

– Certo, mas o próximo passo requer inteligência. Ele é durão e anda muito armado. Eu o convenci de que vai estar tudo bem, mas, mesmo assim, provavelmente estará desconfiado. Suponha que eu o faça entrar numa sala com sete homens, quando esperava me encontrar sozinho. Vai haver tiroteio e um de nós pode se machucar.

– É verdade.

– E o barulho vai trazer cada maldito policial desta cidade para cima de nós.

– Acho que tem razão.

– Eu faria assim: vocês ficam na sala maior, aquela em que nós conversamos. Vou abrir a porta e convidá-lo a se sentar ali, na sala da frente, para esperar enquanto eu pego os documentos. Isso vai me permitir dizer a vocês como estão as coisas. Vou voltar até ele com documentos falsos. Enquanto estiver lendo, eu pulo sobre ele e pego sua pistola. Vocês vão me ouvir chamar e devem vir correndo, Quanto mais rápido melhor, porque ele é tão forte quanto eu, e talvez não consiga dominá-lo. Acho que consigo segurá-lo até vocês chegarem.

– É um bom plano – disse McGinty. – A Loja ficará lhe devendo muito por isso. Acho que, quando deixar a presidência, posso fazer você meu sucessor.

– Ora, vereador, sou pouco mais que um recruta – disse McMurdo, mas seu rosto demonstrava a satisfação com que recebera o elogio.

De volta a casa, começou os preparativos para a sombria noite que o aguardava. Primeiro limpou, azeitou e carregou seu revólver Smith & Wesson. Depois examinou a sala onde o detetive seria emboscado. Era um aposento grande, com uma mesa no centro e uma grande estufa na extremidade. Nas duas outras paredes havia janelas, que não tinham venezianas, mas apenas cortinas leves. Sem dúvida lhe ocorreu que a sala era muito devassada para se resolver assunto tão secreto. Ainda assim, a distância da estrada afastava qualquer preocupação. Por fim, discutiu o assunto com seu companheiro de pensão. Scanlan, ainda que fosse um Vingador, era um homenzinho inofensivo, muito fraco para se opor às decisões de seus camaradas. Ficava horrorizado pelos assassinatos em que, eventualmente, era obrigado a ajudar. McMurdo explicou-lhe brevemente o que planejara.

– Se eu fosse você, Mike Scanlan, tiraria a noite para passear e ficar fora disso. Vai correr muito sangue por aqui antes de amanhecer.

– Bem, Jack – Scanlan respondeu –, não é falta de vontade, mas de coragem. Quando vi aquele gerente Dunn morrer naquela carvoaria... puxa, foi mais do que eu consigo aguentar. Não fui feito para isso, ao contrário de você ou McGinty. Se a Loja não me julgar mal, vou seguir seu conselho e deixá-los à vontade esta noite.

Os homens chegaram no horário combinado. Aparentemente, eram cidadãos respeitáveis, bem vestidos e limpos. Mas, pela expressão dos rostos, era possível adivinhar que Birdy Edwards não teria muita chance com aquelas bocas retorcidas e olhos impiedosos. Não havia um homem sequer, naquela sala, cujas mãos não tivessem sido manchadas de sangue pelo menos uma dúzia de vezes. Para eles, assassinar um ser humano era tão fácil como é, para um açougueiro, fatiar uma peça de carne. Destacava-se, entre eles, tanto no crime quanto na aparência, o formidável chefe. Harraway, o secretário, era um sujeito esquivo e amargo, com um pescoço comprido e curvo, além de membros nervosos e trêmulos. Era de uma fidelidade incorruptível, no que dissesse respeito às finanças da Ordem, mas não tinha nenhuma noção de justiça ou honestidade para com os outros que não fossem Homens Livres. O tesoureiro, Carter, era um homem de meia-idade, impassível, desconfiado e pele amarelada. Era um planejador competente, sendo que os detalhes de quase todos os crimes saíram de sua cabeça. Os dois Willabys eram homens de ação: jovens, altos e determinados. Enquanto seu amigo, Tigre Cormac, sujeito pesado e tenebroso, era temido até por seus camaradas pela ferocidade com que atuava. Esses eram os homens que se reuniram na casa de McMurdo para assassinar o detetive da Pinkerton.

Jack McMurdo colocara uma garrafa de uísque sobre a mesa e todos se serviram, preparando os nervos para a tarefa que breve executariam. Baldwin e Cormac já estavam quase bêbados. O álcool extraía-lhes toda a fúria. Cormac esticou as mãos para a estufa – ela estava acesa, pois as noites de primavera continuavam frias.

– Isto aqui vai funcionar – disse, junto com um palavrão.

– Ah, sim! – exclamou Baldwin, entendendo o colega. – Se o amarrarmos aí, ele vai dizer o que quisermos.

– Vamos fazê-lo falar, não se preocupem – disse McMurdo. Esse homem tinha nervos de aço, pois, embora todo o ônus da ação fosse recair sobre ele, continuava tranquilo como sempre. Os outros comentaram sobre isso e o elogiaram.

– Você é perfeito para enrolá-lo – disse o chefe, satisfeito. – Ele não vai desconfiar de nada até sentir sua mão em sua garganta. Pena que suas janelas não têm venezianas.

McMurdo foi até elas e fechou as cortinas.

– É, mas não há perigo de alguém vir nos espiar. Está quase na hora.

– Pode ser que ele não venha. Talvez pressentiu o perigo – disse o secretário.

– Ele virá, não se preocupem – McMurdo respondeu. – Ele está tão ansioso para vir como vocês para pegá-lo. Silêncio!

Todos permaneceram imóveis como bonecos de cera, alguns pararam com os copos a centímetros da boca. Três batidas fortes soaram na porta.

– Silêncio!

McMurdo elevou a mão, pedindo cuidado. Alegres, os homens levaram as mãos às armas.

– Nem uma palavra, se têm amor à vida! – McMurdo sussurrou, saindo da sala e fechando cuidadosamente a porta atrás de si.

Com os ouvidos apurados, os assassinos aguardavam. Contaram os passos de seu camarada através do corredor. Então ouviram-no abrir a porta da casa e alguns cumprimentos sendo trocados. Perceberam, em seguida, passos e uma voz estranha. Momentos depois, a porta foi fechada e trancada. A presa estava dentro da armadilha. Tigre Cormac riu sinistramente, e o chefe McGinty lhe bateu na boca com a mão enorme.

– Fique quieto, idiota! – sussurrou. – Ainda vai nos entregar! Na porta ao lado transcorria uma conversa que não conseguiam entender. Parecia interminável. Então a porta se abriu e McMurdo apareceu, com o dedo sobre os lábios.

Ele caminhou até a extremidade da mesa e olhou para os outros. Sua expressão se modificara. Sua atitude era de alguém com uma grande tarefa à sua frente. O rosto endurecera como granito. Os olhos, por trás dos óculos, brilhavam de excitação. Aquele era, visivelmente, um líder. Seus companheiros ficaram olhando para ele, interessados. Mas McMurdo nada disse. Apenas permaneceu, com aquele olhar estranho, percorrendo os rostos em volta da mesa.

– Bem – indagou o chefe McGinty, afinal –, ele está aqui? Birdy Edwards está aqui?

– Sim – McMurdo respondeu vagarosamente –, Birdy Edwards está aqui. Eu sou Birdy Edwards!

Durante dez segundos a sala pareceu estar vazia, tão profundo era o silêncio. O apito de uma chaleira no fogão soou agudo e insuportável ao ouvido. Sete rostos pálidos, todos virados para o homem que os dominava, permaneciam imóveis, profundamente aterrorizados. Então, com um ruído de vidro se estilhaçando, numerosos canos de rifles apareceram em cada uma das janelas, enquanto as cortinas eram arrancadas de seus lugares. Nesse instante, o chefe McGinty rugiu como um urso machucado e correu para a porta entreaberta. Um revólver engatilhado encontrou-o no caminho, junto com os duros olhos azuis do capitão Marvin, da Polícia do Carvão e do Ferro. O chefe recuou e deixou-se cair na cadeira.

– É melhor ficar onde está, vereador – disse o homem que ele conhecera como McMurdo. – E você, Baldwin, se não tirar a mão do revólver vai deixar o carrasco esperando. Tire a mão daí, ou por Deus... Assim está melhor. Há quarenta homens armados cercando esta casa. Assim, podem calcular a chance que têm de escapar. Tire as armas deles, Marvin.

Não havia qualquer resistência possível sob a ameaça daqueles rifles. Logo estavam desarmados. Carrancudos, assustados e completamente pasmos, continuavam sentados em volta da mesa.

– Gostaria de lhes dizer algumas coisas antes de nos separarmos – disse o homem que os iludira. – Acho que não nos veremos até o julgamento. Então, vou lhes dar algo em que pensar até lá. Agora vocês realmente me conhecem. Finalmente posso pôr minhas cartas na mesa. Eu sou Birdy Edwards, da Pinkerton. Fui escolhido para acabar com sua quadrilha. Tive de participar de um jogo duro e perigoso. Ninguém, nem mesmo a mulher que amo, sabia quem eu era, a não ser o capitão Marvin e meus superiores. Mas, graças a Deus, tudo acabou esta noite e eu venci!

Sete rostos pálidos e rígidos o encaravam. Ódio imenso queimava em seus olhos. O agente da Pinkerton entendeu a ameaça muda.

– Talvez vocês achem que o jogo ainda não acabou. Bem, aceito o risco. De qualquer forma, alguns de vocês não jogarão mais e há outros sessenta que serão presos esta noite. Quando me designaram para esta missão, não acreditei que existisse tal organização. Pensei que fosse fofoca de jornal, e era o que pretendia provar. Fui informado de que o assunto era relativo aos Homens Livres. Assim, fui para Chicago, onde me iniciei. Lá, fiquei ainda mais convencido de que tudo era invenção dos jornais, pois nada vi de mal na Sociedade. Pelo contrário, só testemunhei atos beneficentes. De qualquer modo, tinha uma obrigação a cumprir e vim para o distrito do carvão. Chegando aqui, percebi que estava enganado e que essa histó-

ria não era um romance barato. Então, permaneci para investigar. Nunca matei ninguém em Chicago. Nunca cunhei um único dólar na vida. Aqueles que dei a vocês eram tão autênticos como qualquer outro, mas nunca fiz investimento melhor. Aquela foi a forma de ser bem-vindo na organização. Por isso fingi que era procurado pela lei. Tudo funcionou como eu planejei.

"Assim, entrei na maldita Loja e participei das reuniões. Talvez dissessem que eu era tão ruim quanto vocês. Não me importava o que falassem, desde que eu conseguisse pegá-los. Mas, qual é a verdade? Na noite em que fui iniciado houve o espancamento do velho Stanger. Não pude avisá-lo, não havia como, mas segurei sua mão, Baldwin, não deixando que matasse o homem. Todas as sugestões que fiz, para manter meu lugar entre vocês, foram coisas que eu sabia poder evitar. Não consegui salvar Dunn e Menzies, pois não estava preparado, mas vou me certificar de que seus assassinos sejam enforcados. Avisei Chester Wilcox para que, quando explodisse sua casa, ela estivesse vazia. Aconteceram muitos crimes que eu não pude evitar, mas olhem para trás e lembrem-se quantas vezes a vítima escolheu outro caminho, ou estava em outro lugar quando foram procurá-la, ou ainda permaneceu em casa quando a esperavam sair... tudo isso foi trabalho meu."

– Seu traidor miserável! – chiou McGinty, através dos dentes rilhados.

– Certo, John McGinty, você pode me chamar do que quiser, se isso lhe satisfaz. Você e os da sua laia são inimigos de Deus e dos homens. Era necessário que alguém se colocasse entre vocês e os coitados que vocês tiranizavam. Só havia um modo de fazer isso e foi o modo que escolhi. Você me chama de "traidor", mas milhares me chamarão de "salvador", alguém que desceu aos infernos para ajudá-los. Suportei isso por três meses. Mas não aguentaria tudo isso de novo nem se me oferecessem todo o tesouro de Washington. Precisei ficar até saber tudo, de todos os homens e de todos os segredos. Teria esperado um pouco mais se não tivesse sabido que minha identidade seria revelada. Precisei agir, e rápido. Nada mais tenho a lhes dizer, a não ser que, quando minha hora chegar, vou morrer em paz ao me lembrar do trabalho que fiz neste vale. Agora, Marvin, não vou detê-lo mais. Prenda-os e acabe com isso.

Pouco falta para contar. Scanlan recebera uma carta fechada para entregar à Srta. Ettie Shafter, uma missão que aceitou com uma piscadela e um sorriso. Na primeira hora da manhã, uma linda mulher e um homem todo encapotado embarcaram num trem especial, que fora enviado pela própria ferrovia para levá-los segura e rapidamente para longe daquela região perigosa. Foi a última vez que Ettie e seu amado estiveram no Vale do Terror. Dez dias depois, casaram-se em Chicago, tendo o velho Jacob Shafter como testemunha.

O julgamento dos Vingadores foi realizado longe do lugar onde seus seguidores pudessem amedrontar os guardiões da lei. Os criminosos tentaram, em vão, se defender. O dinheiro da Loja – arrancado através de chantagem e extorsão de todos os cidadãos do vale – foi gasto como água na tentativa de salvá-los. O testemunho claro e racional de um homem que conhecia cada detalhe de seus crimes, de suas vidas e da organização, demoliu todas as tentativas dos advogados de defesa. Finalmente, depois de tantos anos, os Vingadores estavam vencidos e desarticulados. A sombra fora afastada para sempre do vale. McGinty encontrou seu destino na ponta de uma corda, chorando e pedindo piedade no dia do enforcamento. Oito de seus principais seguidores compartilharam o mesmo destino. Outros cinquenta foram condenados a diversas penas. O trabalho de Birdy Edwards estava completo.

Ainda assim, como ele sabia, o jogo não acabara. Haveria outras rodadas. Ted Baldwin, por exemplo, escapara à forca, assim como os Willabys e vários outros dos mais violentos. Por dez anos estiveram afastados do mundo. Então, chegou o dia em que foram libertados, o dia em que acabou a paz sobre a Terra para Birdy Edwards. Os ex-presidiários fizeram um pacto jurando matar Edwards como vingança por seus camaradas. E viveram para cumpri-lo. O ex-agente da Pinkerton foi de Chicago para a Califórnia. Foi lá que a luz de sua vida se apagou, quando Ettie Edwards morreu. Mais uma vez, ele quase foi morto e, já usando o nome Douglas, trabalhou num vale isolado, onde, em sociedade com um inglês chamado Barker, fez fortuna. Afinal, ficou sabendo que seus caçadores descobriram novamente seu rasto e fugiu – em cima da hora – para a Inglaterra. Lá, John Douglas casou-se pela segunda vez e viveu por cinco anos como um cavalheiro do interior, em Sussex, passando pelos estranhos acontecimentos que já foram narrados.

Epílogo

O INQUÉRITO policial foi concluído e o caso de John Douglas levado a julgamento. O júri decidiu que ele agira em legítima defesa. "Tirem-no da Inglaterra de qualquer forma", Sherlock Holmes escreveu à esposa de Douglas. "Aqui há forças muito mais perigosas do que aquelas a que ele escapou. Seu marido não estará seguro na Inglaterra."

Dois meses depois, o caso já não nos preocupava mais. Então, uma manhã, recebemos um bilhete enigmático na caixa de correio. "Meu Deus! Sr. Holmes! Meu Deus!", dizia a estranha carta. Não havia remetente nem assinatura. Ri da mensagem confusa, mas Holmes demonstrou uma seriedade incomum.

– É diabólico, Watson! – comentou, permanecendo preocupado por muito tempo.

Tarde da noite, a Sra. Hudson, nossa senhoria, avisou que um cavalheiro desejava falar com Holmes, dizendo ser assunto de extrema importância. Logo atrás da mulher veio o Sr. Cecil Barker, que conhecemos na Mansão de Birlstone. Seu rosto demonstrava abatimento e consternação.

– Recebi más notícias... terríveis, na verdade, Sr. Holmes – ele disse.

– Era o que eu temia – Holmes respondeu.

– Recebeu um telegrama?

– Alguém que o recebeu me enviou um bilhete.

– Trata-se do pobre Douglas. Dizem que seu nome é Edwards, mas, para mim, será sempre Jack Douglas, do Benito Canyon. Eu lhe contei que ele partira para a África do Sul no vapor Palmyra, há três semanas.

– Exatamente.

– O navio chegou à Cidade do Cabo, na noite passada. Recebi este telegrama da Sra. Douglas, pela manhã.

"Jack caiu do navio durante uma tempestade em St. Helena. Ninguém sabe como o incidente ocorreu. – Ivy Douglas."

– Ah! Foi assim que fizeram? – disse Holmes, pensativo. – Sem dúvida foi bem encenado.

– Quer dizer que não acredita ter sido um acidente?

– Claro que não.

– Douglas foi assassinado?

– Com certeza.

– Foi o que achei. Esses malditos Vingadores, bando de criminosos...

– Não, não, meu bom amigo – interrompeu Holmes. – Há uma mão de mestre aqui. Nada de escopetas serradas ou revólveres desajeitados. É possível reconhecer o artista por sua pincelada. Reconheço um Moriarty quando o vejo. Este crime foi planejado em Londres, não na América.

– E qual foi o motivo?

– Esse é um homem que não admite falhar. É alguém cuja posição depende do fato de que sempre obtém êxito. Um grande cérebro e uma enorme organização foram acionados para destruir um homem. É o mesmo que abrir uma noz com um martelo, um desperdício absurdo de energia, mas a noz é efetivamente esmagada.

– Como esse gênio do mal se relaciona com o assunto?

– Tudo o que posso dizer é que a primeira notícia que tivemos do assunto veio de um de seus subordinados. Esses Vingadores foram bem aconselhados. Tendo de executar uma ação na Inglaterra, associaram-se com o grande mestre do crime, como, aliás, pode fazer qualquer criminoso estrangeiro. Naquele momento seu amigo estava condenado. Primeiro, ele se contentou em usar sua estrutura para localizar a vítima. Depois, indicou como o assunto deveria ser resolvido. Finalmente, quando leu nos jornais que o primeiro agente falhara, ele próprio assumiu a tarefa, com um toque de mestre. Você me ouviu avisar Douglas, na Mansão em Birlstone, que o perigo maior ainda viria. Não tinha razão?

Barker bateu a mão na cabeça, num impulso de raiva impotente.

– Quer dizer que devemos nos contentar com isso? Que ninguém pode ir à forra com esse rei do crime?

– Não disse isso – explicou Holmes, com seus olhos parecendo buscar algo num futuro distante –, não digo que ele não possa ser vencido. Mas preciso de tempo... preciso de muito tempo!

Ficamos sentados, em silêncio, por alguns minutos, enquanto aqueles olhos proféticos tentavam desvendar o futuro.